U0120214

体验派人生

闫晓雨 著

中国友谊出版公司

我所理解的"体验派人生",绝不是随波逐流,它是浪漫和理智交融的结果。它是全员完成核酸检测的夜晚,在迪士尼乐园看见再冉升起的烟火;是在喧嚣时代静静打开一部电影、一本书;是穿越复杂斑驳的人世间之后回到小屋,相信总有一束微光是属于自己的。

快乐不是拥有什么，
而是知道自己想要
的是什么。

很久以后，我才知道，重要的不是有没有被他人坚定选择，而是自己是否坚定地选择了自己想要做的事和想要成为的人。

不用勉强、不用看开、不用放下，带着爱恨往前走，自然有一天能释怀。

美好从来都只能是一种体验。

飘零的落叶和街道的积雪，时间的齿轮碾压过三维空间，我们和蚂蚁所看到的世界有何不同？

唯一的区别不过是，你能感知到，并享受其中。

别再追问人生的意义了，偶尔，
我们也需要容许无意义啊。
你听。
这是风的声音。

ive a good.
Life meet slowly

对着陌生人讲出那些连最亲密的人都无法言说的秘密。

然后享受这种阅后即焚的故事流动感。

摁下开关键，

走进这本书。

当你无家可归，就把故事当作最后的堡垒。

目录 / contents

自序 / 001

第一章　青春新体验

她用作品拯救了 2000 万个妈妈

科幻是最初的元宇宙

当讲笑话成为流行新职业

一辈子很短，要做自己喜欢的事

我的天才女友

一个『网红』的成长史

055 047 038 030 019 009

第二章　温暖的底色

幸运的主播

天堂收容所

植遇，治愈

命运抽查师

大人的玩具和不老的少女心

会讲故事的摄影师

111 102 092 082 073 065

第三章　情感失语症

新北京爱情故事

亲爱的小孩

冰山下的亲密关系

为什么越来越多年轻人不想结婚了

147　138　130　121

第四章　白日梦想家

无意义旅行家

故事贩卖者

住在四合院的「胡同名媛」

我在泰国当老师

逃离北上广，然后呢

我没上过一天班，但开了公司

195 189 182 172 166 157

自序

写这本书，正值我人生变动最大的时候。

过了 25 岁，青春的门帘突然就被掀开了，门后接踵而至的"鬼怪"客人，打得我猝不及防：亲戚的催婚、望尘莫及的房价、职业发展的瓶颈，以及要考虑是否在北京坚持下去这个现实问题。

前不久母亲身体出了一些问题，去医院做了活检，我们全家提心吊胆等待结果。

她是在老家呼和浩特做的检查，由于工作缘故，我没能陪在她身边。听到电话那头传来的虚弱声音，毫不夸张地说，我第一次体会到"心如刀绞"，痛苦过后陷入巨大的空虚和无力感。人活着，来世上走这一遭到底为了什么呢?

生病以后,我妈还总是反过来安慰我:你忙你的,好好写书。

和天下所有朴素的母亲一样,她对我的要求不过是健康、快乐、去做自己喜欢的事情。

但又和许多传统母亲略有不同。

她允许我胡思乱想、放纵我的离经叛道,在我选择"裸辞"做自由职业后会说"你有你自己认识这个世界的方式"。她的爱,是一种放权和无条件信任——尽管去折腾、去感受、去体验,是她教会我的生存之道。

如果人生有道,那这条"道"也只能每个人自己摸索。

于我而言,我从未想要成为一个成功的人,但我想或多或少要成为一个有价值的人。

很多人问我,为什么要发起"和100个陌生人吃饭"这个活动。

最初,是因为我这个"吃货",带着强烈的好奇心,想要通过美食这个纽带,将人、食物、空间三者联接到一起,和生活在大城市里的有趣的年轻人进行对话。

作为体验型作者,我只有一颗心、一个身体,没有办法从真正意义上去体验不同滋味的人生,而这种特殊形式下的采访,总有一种"偷走"别人一段人生的奇妙感。

后来随着报名的人越来越多,我逐渐意识到,原来我是在别人的故事里找寻自己的答案。

这本书的定义很微妙,它不是小说,也不是人物传记,它更像是一本青春启示录。

裸辞后回到家乡的独立摄影师、神秘的占星师、脱口秀演员、剧本杀老板、动物饲养员、自媒体博主、95 后插画师、在世界各地工作的数字游民女博士、一个人开着小破车自驾游的旅行家，还有 30 多岁开始正视自我的"女网红"，这些人，都是一些极爱折腾的年轻人。

这个时代，可能 90% 的人都在过着同一种生活，而我想要去探寻那剩下的 10%。

他们的故事或许不够"成功"和"戏剧化"，但足够真实。

他们和我们一样，面对这个高压的世界，会迷茫、会焦虑、会不知所措，想逃离、想放弃，又无处可躲。

但他们与我们最大的区别是，他们选择诚实面对自己的不安与欲望，敏感地捕捉到内心深处释放出的信号，且敢于做出改变，不断寻找生命新的可能性。

人生就像螺蛳粉，品尝过，才知道自己是会爱上，还是厌恶。

体验派人生，就是只有体验过了，才知道是不是自己想要的人生。

愿意来参与这个活动的人，某种程度上，都递给我一把钥匙，允许我走进他们的世界，所以，我会好好珍惜这一次推开门的机会。

两年来，陆陆续续报名参加的人超过 500 人，机缘巧合之下真正吃饭的有 40 多人，他们有着不同职业、不同兴趣爱好、不同成长背景，可能是我们生活当中随处可见的同事、同学，但在某个角落，仅回归到"一个人"的存在而言，他们都有着闪闪发光的那面。

对于这本书我给四星，对于我采访的这些人我给满星。

原谅我稚嫩、粗浅的文字无法还原他们鲜活的人生，只能竭尽所能地带来一些片段。

书中聊了许多当下年轻人都关心的话题：亲密关系、原生家庭、搞副业、如何成为一名"斜杠"青年、到底要不要逃离北上广……那些爱与困惑，都如出一辙。

看惯了互联网上五彩斑斓、一夜暴富的神话，希望这本书，能够还原 90 后、95 后真实的生活状态。

因为真实是有力量的。

其实在写作过程当中，我想过要不要再深挖一些劲爆的点，要不要再找一些标新立异的人物来采访。

每每这时，我会回想到记录这些故事的初心，就是希望大家通过这本书可以"隔空与书中的人物交个朋友"，当你的生活有疑惑、有难题时，他们的出现，恰好可以给你一些什么参考，但绝不是答案。

也没有任何一本书、一个人可以提供答案。

米兰·昆德拉在《庆祝无意中》写道："无意义，我的朋友，这是生存的本质。它到处、永远跟我们形影不离。甚至出现在无人可以看见它的地方：在恐怖时，在血腥斗争时，在大苦大难时。这经常需要勇气在惨烈的条件下把它认出来，直呼其名。然而不但要把它认出来，还应该爱它——这个无意义，应该学习去爱它。"

我深有同感。

为什么一定要追求深度，明明我们连生活的地平面都还没摸到。

写序言的这天早上，我来到银河 SOHO 楼下的一家星巴克，点了杯热巧，打开电脑继续修改稿件，完善我的使命。

这是一个再寻常不过的星期五。

窗外人来人往，年轻的上班族朝气蓬勃地走在阳光下。

我们这么近，却又那么远。

你永远不知道别人是以什么样的方式活着的。

青春不过一场自以为是的蒙太奇。

但，每一朵后浪都终究有自己滚烫的方向。

人最珍贵的是时间，希望看完这本书的你，可以勇敢地去追求自己想要的人生。

第一章

青春新体验

周雯静说，一个艺术家拥有的最大权力就是对世界的诠释权。

她用作品拯救了 2000 万个妈妈

—— 对谈青年艺术家

1

去年，周雯静突然火了。

你可能没听过她的名字，但你一定在网上刷到过《女人系列·节育环》这个作品。

300 个铜质节育环，被整整齐齐、装扮精美地悬挂在蓝色丝绒墙面上，在灯光下绚烂闪烁。如果你不知道"节育环"是什么，远远看去甚至以为是女性的某种首饰。

是的，它也可以是"首饰"，但不是华美的代表，而是残忍的真相，装点在女性隐秘的部位，可能曾经就在你妈妈的子宫里。

这些形态各异的节育环，参照历史真实形状，按照原比例大小制作而成。

你看到多少个节育环，背后就有多少个女性。

世界卫生组织有这样一个数据：全世界佩戴节育环的女性有 2/3 在中国。国家卫健委历年统计年鉴数据表明，近 50 年中，有 5.4 亿人次女性曾安装金属节育器。

很难想象，冰冷的金属，是如何被嵌在女性温暖柔软的子宫里的。

有网友形容，就像是在肚子里突然挂了一个鱼钩，令人不寒而栗。

我在第一次看到这个展览的时候大为震撼，在网上搜索过后，得知背后创作人是一位青年女性艺术家。彼时周雯静已被很多知名媒体采访过了，但今天，我想以一个女孩的身份来对话另一个女孩。

我们在北京的一个冬夜相遇，穿过窄窄的西四老胡同，抵达一家还亮着灯的咖啡馆。

她很瘦，穿一件呢子大衣，一双柳叶眼，在橙黄色台灯的映射下清亮又温柔。她形容自己"很宅"，不擅长社交，也不喜欢出门，大多数时间都窝在家里看书、看电影、睡觉。

日子简单，灵魂澎湃。

我对眼前这个女孩莫名有些好奇，也许是生活中接触到的"艺术家"不多，摘掉互联网名片和名校标签，我更想了解她的过去，想知道她为什么做《女人系列·节育环》这个作品，她成长在怎样的环境里，作为一个普通女性，她又是如何看待女性当下的处境的。

很多人并不清楚，作为社交媒体话题中心的"节育环作品"其实并不是周雯静近两年创作的，而是要追溯到更早。

2011 年，周雯静刚从四川美术学院本科毕业，升入同校的研究生院，她学的是舞台美术设计。

学校工作室常提供实践项目，需要外出到剧场工作，学校离市区很远，每天往返在剧场和宿舍的她并不知道，就在那个冬天，在老家湖南株洲的妈妈也时常奔波于医院和家之间。

彼时周妈妈刚绝经，想起佩戴了 20 多年的节育环还在子宫里，决定去医院拿掉。

没有想到的是，"取环"经历并不像想象中那么轻松，由于佩戴时间过长，铜环已嵌到身体里了，医生说需切掉一小块肉才能取出。

手术过程很煎熬，虽然医生成功把节育环取出，却引发了周妈妈的大出血。

在此之前没有人告诉周妈妈节育环长期不取会造成怎样的后果。

"这些都是节育环的并发症，主要是佩戴时间过久，且没做过定期检查。"周雯静皱眉道，"这些细节我是后来才知道的，当时做取环手术，只有爸爸陪在她身边。"

周雯静的爸爸是军人，很典型的中国男人，正气凛然又规规矩矩。

周妈妈则是在青年时期就喜欢西方文化的民主女性，喜欢读《安娜·卡列尼娜》，对自己的生活有要求，是要在亮晶晶的日子里保持仪式感，在清汤寡水的日子里也能过得有滋有味的女性。

说实话，周雯静家已经算比较开明的家庭了，可即便如此，"性"这个词，在她家里依然讳莫如深。

在中国绝大部分家庭里，生育、避孕、男女器官都是不被允许摆到台面上来说的，不只是周妈妈一家，我们身边的家庭又何尝不是如此？

那些羞于表达的身体符号，最终的呈现方式只能变成体检报告。

周雯静说："如果不是这场手术，我和妈妈可能永远都不会聊起节育环，我甚至都不会知道这个东西。做完手术赶上春节，医院的门诊紧张，病情又被耽误了一阵。从那开始，我妈妈的身体状况就不太稳定，现在虽然恢复了，但仍需要定期去医院做检查和一些小的治疗，可以说，节育环带给她的伤害永远无法彻底抚平。"

这时起，周雯静开始意识到，这不是她们一个家庭的故事，而是中国千千万万个家庭的缩影。

于是周雯静着手研究节育环，直到 2014 年创作出《女人系列·节育环》，使用了与早期节育环相同材料的"铜"，按照原比例大小制作而成，这是周雯静研究生时期的毕业作品，也是她的第一件当代艺术作品。

她以一个年轻人的视角，将两代女性对节育与避孕问题的讨论公开透明化，她不仅从一个艺术的角度出发，更是从人类学、社会学的视角去回顾"母亲们的一生"，探讨她们作为女性的权利与牺牲。

从 2014 年的毕业展到现在，"节育环"这个话题被彻底扯下遮羞布，成为大众讨论的一个话题。

随着新媒体发展和女性意识崛起，这个话题在这两年达到空前热度，周雯静的作品再次成为"引爆点"，带着尘封的被压抑的女性故事杀回我们眼前。

2

"没想到过了这么多年，它突然就火了。"周雯静喝了口咖啡，摇摇头，"我开始意识到在今天艺术介入社会的可能性。"

铺天盖地的媒体采访使得周雯静收到成千上万条私信，来自不同年龄、不同性别、不同生活背景的人主动和她分享关于节育环的故事（佩环和取环都有），有大龄母亲，也有心疼妈妈的女儿，还有主动关心身边女性朋友和家人的男生，他们口中这些触目惊心的真实故事比电影更有冲击力。

很多年轻人因关注到节育环而开始和母亲有了第一次深入交流。

仅 B 站一条视频里，就有 4000 多人在弹幕上说他们的母亲也佩戴了节育环，还有人在微博上发起了"带妈妈取环"的话题。

截至我写稿子的这一刻，微博话题已过 2445 万的阅读量，有超2000 万个真实的年轻人带着自己妈妈去取环。我随便翻了翻，就看到很多人分享出的细节，如因佩戴时间过久，很多妈妈的子宫发炎却不自知，长年佩戴导致子宫下坠造成腰疼，更有甚者诱发子宫肌瘤、子宫癌，许多妈妈到了医院才知道。

周雯静说："节育环本身是中性存在，但必须佩戴科学、谨慎注意佩戴时间、定时体检。任何工具的使用都是有规则方法的，但在过往的文化语境中缺失了这部分，才会导致一个又一个悲剧。"

山西太原人张雨，1992 年上环。但是因为她的宫口过于小，国内最小的环她都戴不上，于是她选择了一个进口的 T 字形的环。

可是佩环的几年，她一直不停地出血，时常从家里的卧室走到厕所就会滴一地的血。在此期间她不断地就医，可是医生给她的医嘱仅仅是——你再忍一忍，等到 40 多岁你停经了，子宫萎缩了，就不会出血了。

可是这一忍就是 20 多年。医生对她说，因为你的身体里有异物，所以你的身体一直出现排异反应，你的子宫内膜在不断地增生。终于在她 55 岁的时候，医生对她说，你需要摘除整个子宫。

以上这个案例，来自周雯静在 App"全现在"与《财新》媒体采访中的自述。

有人说，被遗忘的节育环，犹如长进肉里的"定时炸弹"。

庆幸的是，在节育环话题被推到风口浪尖后，越来越多医生和学者开始在网络上科普，甚至还有人开始号召节育工具和技术手段革新。

在女人的一生中，子宫和脸一样重要。

和周雯静从节育环聊到女性的真实处境，其间有那么几个瞬间，我的脑袋是空白的，突然接不上话了。因为我发现，这个议题"太大"了。这个背后有太多值得研究的东西——节育环是怎么诞生的？它为什么存在？从妈妈辈到 90 后、95 后这一代经过几个流行阶段？现在它的使用方法被科学地普及了吗……

作为孩子，我们应该关心妈妈；作为女性，我们应该关注自己。同时，整个社会对于女性问题的关注度也应该提上日程。

而作为一个存在主义作家呢？

波伏娃在她的写作中提到，只有当女性能将自身置于两性差别之外，只有她对世界采取一种更广阔、更无私的态度，她才能成为一个真正的创造者。

2011 年的周雯静只是记录，2014 年的周雯静在表达。

到今天，我再问她为什么做这件事，她的回答是："比起宏大的艺术概念，我更关注真实的人、具体的人。"

3

周雯静不会给自己下任何定义。

她并不是一个擅长制造话题的人，她的"火"，本质在于对生活的洞察力。

生活中的她甚至有一丝清冷感，对娱乐八卦和时下年轻人流行的东西不太感冒，理性、谦虚、温柔、有主见，在喜欢的领域里像鱼一样自在地游来游去。

2018 年 11 月，周雯静的《红色系列》作品第一次在国内展出，她给展览取名为"拒绝永恒"。

我下意识反问："艺术家们不是都喜欢谈永恒吗？"

"是呀，"周雯静点点头，继而露出少见的俏皮笑容，"我偏不，人就应该热烈地活在当下。"

周雯静形容自己从小就是一个"反叛意识"比较强的人，上幼儿园就对这个世界有了"自己的判断"，小到一个书包、一个杯子，都有自己的审美和要求。

"晓雨，你问过这种'傻问题'吗？我小时候特别喜欢缠着爸爸妈妈，问我是从哪来的。我妈就会开玩笑说，从垃圾堆捡的、从肚脐眼里蹦出来的。"

我使劲儿点头："哈哈哈，全世界小朋友都是从一个垃圾堆里捡的。"

"可直到现在我才明白，小孩问这个问题，并不是想知道物理上自己的来源（生孩子），"周雯静指指自己的肚子，"他们或许是想问：这个世界上怎么突然多了'我'的存在？我对这个世界意味着什么？但是大人们听不懂，搪塞过去。长大以后我终于懂了，原来我做的所有事情都是在找这个答案——我是谁。"

艺术也是一样，它有一个源头，那就是"我"的存在。

没有自我的人是不真实的。

没有自我的创作也是不完整的。

从四川美术学院毕业后，周雯静前往法国求学，在那边又待了 7 年，站在更多元的视角去理解过世界后，她似乎更明白自己想成为什么样的人了。

在茫然的世界里，保持绝望，却不颓废。不用太纠结那些虚无缥缈的东西，去关注正在发生的具体事件。

2020 年 11 月，经过各种折腾，周雯静从巴黎艰难地回到上海酒店进行隔离，期间她回顾起疫情以来整个世界的兵荒马乱，大到经济危机，小到我们可能隔三岔五就要去做核酸，到处充斥着魔幻却被大众日渐习以为常的画面。

她把自己的经历串联起来，创作出新作品——《这个世界在燃烧》。

新作完成的那天，周雯静一个人走在北京深秋的街道，脑袋里不断冒出那个经常被大众问到的问题——"艺术到底有什么用？"

秋风吹过，她不自觉裹紧大衣，停下来抬头看向深邃的黑色天空，轻声默念出莱布尼茨在 18 世纪说的那段话："无所事事使人愚笨，一个人应当总是找事情去做，去思考，去规划，同时心怀社会大众与人类个体。在这个过程中，如果我们的愿望得以实现，我们满心欢喜；如果没有，我们也不必悲伤。"

她说给我听的同时，仿佛也在说给自己听。

采访快结束时，我问了她一个问题，是《奇葩说》上的一个经典辩题："美术馆着火了，你是先救画，还是先救猫？"

她顿了顿："我不知道。"

"又或者哪个离得近救哪个吧。但更真实的情况可能是，哪个都来不及救，只能努力先跑出去。"周雯静真诚地笑笑，"其实人生很多时候都在为'伪命题'而陷入争吵。就像女孩问老公，你妈和我落水先救谁？我们总在为一些可能发生也可能不会发生的事而掉入陷阱。也许，当有一天，我们不再为'人生无意义'的伪命题而去焦虑，专注在当下，才能活得清醒又有力。"

入夜。

我在 Word 里写"一个人，拯救了 2000 万个妈妈"，这句话听起来很标题党，但它是事实——我们在讨论艺术到底有没有意义的时候，有些东西，已经先行。

艺术也好，创作也好，都是一层层递进，将无意义变成有意义，最终回馈或影响到我们真实的生活。

这样就够了，不是吗？

在这本书上市前，我要争取带我妈妈去医院取掉节育环。

采访实录：

Q:《女人系列·节育环》作品诞生以来，遇到最难忘的事情是什么？

A：很多。几乎每天都能收到来自这个作品的"互联网反馈"。我比较难忘的是，有一次，一个清洁工阿姨在展厅等了我三天，就为了专门告诉我一些她经历的故事，问一些节育环病理上的问题。通过作品，我真正进入到"她们的世界"。

Q：作品火了以后，会受到争议吗？

A：肯定的，艺术本身就极具讨论性。我喜欢讨论，也接纳批判，但不想理会毫无缘由的发泄。刚开始看到私信谩骂会在意，后来无所谓了。

Q：有没有考虑过以"爱情"为主题的创作？

A：目前为止，我的作品一直关注的都是身体、性别、权利和自我。我本人在感情中是一个过分理性和冷静的人，还没有过类似想法哎。

科幻不是想象，它就是我们的生活。

科幻是最初的元宇宙

——采访 90 后科幻作家

1

如果在中国所有城市里选出一座最"科幻"的城市，你会选什么？

段子期的回答是，重庆。

站在洪崖洞下，人们仿佛置身于宫崎骏笔下的动漫《千与千寻》中，转身迎向嘉陵江的晚风，坐上穿过大楼的轻轨，重叠错落的楼房与立交桥如同儿时垒砌的乐高。铺陈在我们眼前的重庆是立体的、迷人的，老火锅的红油溅出时间的火炉，使这座城市更添了一份"不服输"的劲头。

在电影《疯狂的石头》的片尾曲里还流唱着这样一段 rap：

从前有座山，山上有座城，城头没得神，住了一群重庆人，男的黑耿直，女的黑巴适，火锅没得海椒他们从来不得吃。

小儿提酒浪荡，街上华灯初上；江水万里铺开，十八楼下流传着偶像传说。

90 后科幻女作家段子期就成长在这样的环境里，她直爽的性格与笔下略带潮湿和侵略性的文字形成一股奇异的美感，和这座"赛伯朋克式"的城市一样，段子期本人，也显示出两种截然不同的状态。

在生活中，段子期很随性，和大多数女孩一样，喜欢追剧、看电影，但在写小说这件事上，她有自己的想法和坚持。

她从小就特别爱幻想，脑子里总会有一些奇奇怪怪的想法，像一个毛线团一样，扯开了就收不住。

"小时候家里有很多佛经和其他书籍，我可以随便翻看。我还曾经问我爸，'色即是空，空即是色'是什么意思，为什么一句话要反复说四遍。因为在小孩的世界里，一个道理说一遍就够了啊。很感谢我爸没有粗暴打断我的提问，也没有敷衍我，而是很认真地给我解释了一些，类似'有象的物质世界和空性的存在是相对的……'，虽然我听不懂，但会产生好奇：咦，怎么空的东西也可以生发出物质世界？有点意思。"

段子期的爸爸是内敛君子型，喜欢读书；妈妈性格浪漫外放，一直在做生意。父母对她的学习成绩不会有严苛要求，而且很包容女儿的胡思乱想，鼓励她做自己喜欢的事情。青春期的她，偶尔会写一些零散的、漫无边际的东西，爸爸还会和她就某些"特定情节"展开热烈的讨论，父女两人好不快意。

"我对幻想类题材的故事和电影有一种天生的好感，小学时，我几乎把迪士尼动画片看了个遍，完全沉醉在他们的想象力中。再大一些，我开始迷恋科幻电影。"

段子期看过并大为震撼的科幻电影很多，她说自己最喜欢《云

图》，原著是她认真看完的第一部科幻小说，有 400 多页，电影也看过
5 遍了。《云图》让她感觉到这个世界好像有太多我们无法理解但又真
实存在的东西，她发现科幻不仅能够带来感官上的刺激，也会给人们
一些深入骨髓的启发。

比起纯商业的科幻片，那种融合多元价值观的科幻片更能打动段
子期，就像《超体》《降临》，还有名气不大的《珍爱泉源》《无姓之
人》《未来学大会》等。

她喜欢收集科幻片中天马行空的设定，也会根据自己的想法，在
创作中实现大胆的触碰。

在聊天过程中，她不止一次提到："我所理解的科幻是一种思维方
式，它是具备穿越性、体验性的，我们在构建科幻的同时，也在悄然
改变未来。"

在我看来，科幻也许就是最初的元宇宙。

我们每个人都可以建立并进入自己的元宇宙，它可以是一篇小说、
一次幻想、一场白日梦，也可以是一种美好的阅读体验——沉浸于某
段文字中，完全抛开现实的存在。

科幻不是想象，它就是我们的生活。

很多科幻作家看似是在幻想一些不可能的事情，事实上，真实的
宇宙远远超乎人类的想象——那些超乎寻常的事情，对我们来说是科
幻，对宇宙来说或许就是真实。

今天我们点外卖、直播、驾驶无人机，又何尝不是过去科幻小说
所构思的那样？

科幻是具备预言性的。也许人类的未来，正在朝着科幻的方向一
点点驶去。

段子期在创作自己的小说时，追求一种极度的真，就像她笔下的《重庆提喻法》，将重庆设定为一部科幻电影的拍摄地，主人公在追寻一卷残破的电影胶片的过程中，解开了一段折叠在历史时空中的抗战谜团。

为什么是重庆而不是其他城市？仅仅是因为段子期熟悉重庆吗？

面对我的疑问，段子期的回答很中肯：

"重庆的'赛伯朋克'绝不是流于表面的高楼错落。

"重庆这座城市的市井气与科技感满布在各个角落，它既有历史悠久的古建筑，也有造型新潮的重庆大剧院，它的豪爽、泼辣与现代的嘻哈、时尚交融；

"电影里重庆的潮湿复古色调的背后充满了物理原理，整座城四面环山，长江和嘉陵江在此交汇，江水蒸发出的大量水汽凝结此，才有了这若隐若现的'雾都'；

"而在重庆的社会文化里，虽然科技在进步，但它依然有着另一面对比强烈的'低生活区'，这些层层叠叠的细节构成了这座'中国科幻之都'。对小说创作来说，故事是虚构的，但带给读者的情感必须是真挚的。"

段子期说到这里时，提到："有重庆读者给我留言说，在我的小说《重庆提喻法》里感受到了久违的故乡，那种文字的潮湿感就像山城的大雾一样，久久弥散不开，太有共鸣了。"

这篇小说最终获得华语科幻星云奖银奖。

星辰大海的发射基地必须足够安全踏实，我们的故事才能安全着陆，也正是有了对细节的反复打磨，段子期的科幻小说才能在这个文学驳杂的时代，给人一种强烈的记忆点。

2

谈到如何成为一名科幻作家，段子期的反应很可爱："太多人把科幻想得过于宏大，却忽略掉科幻其实是我们每个人都曾经拥有的幻想能力。"

她敲敲自己的脑袋，比画了个一休的标志性手势。

在写作道路上，她受到了家人的鼓励，但她并不是从一开始就朝着"科幻作家"这个方向努力的。她的科幻之路，是自己一点点摸索出来的。

大学期间，段子期是学校里"行走的电影资料库"，周末一天最多可以看五六部电影，只是当时的她，并未想过去从事专业写作。

"那个时候我完全不觉得以后自己能当作家、编剧，纯粹是爱好罢了。大三那年，有门课程要求我们创作话剧剧本，我尝试了人生中第一次'创作'，写了一个超现实主义的故事，在结业演出上作为压轴节目出场。当时看到演员们在舞台上念着我写的台词，我感觉特别幸福。"

一次无意中的尝试，令段子期感受到创作的乐趣和成就。

毕业后，她来到了北京，刚开始在一家电影营销公司上班，负责宣发工作。

段子期甩甩自己的短发，笑得很干净："老实说，我当时并没有一个很明确的职业规划，虽然想当编剧，但没有功底，做制片也没有人脉，当时国内的电影宣传行业刚好在发展期，我就想，先做着再说。"

那段时间，段子期在创作的边缘疯狂试探。

她每天都关注行业新闻，关注电影票房，关注她喜欢的那些导演的近况，还会经常做笔记，但不是站在"创作"的角度，而是从一个产品宣发的角度。

积累了一些经验后，段子期换了份离"创作"更近的工作，接触到一些剧本。

"当时我负责'评估剧本'，其实看剧本是一门技术活，你要先会看，才懂写。刚开始我没有概念，说不出好坏，也提不出意见，有位关系不错的同事鼓励我去写一下自己的东西，找找感觉。从那之后，我就把'写作'当成了一个业余爱好，开始有事没事就拉着身边的朋友进行头脑风暴，想点子、想故事，也开始学着自己动笔写梗概、大纲、人物小传，再到完整的剧本。有时也会迷茫，不确定自己能做成什么样子，不确定是不是有足够的能力写出好作品，但我知道，只有尝试了，才知道合适不合适。"

2017 年，段子期看到中国新编剧大赛的消息，刚好手边写了一本名为《破冰者》的剧本，就抱着尝试的心态投了稿。

段子期摆摆手："当时真没想那么多。投完稿，我就忙去了，因为自己是新人嘛，没抱太大希望。"

没想到几个月后，她接到电话，她的科幻剧本《破冰者》不仅顺利通过初选，还获得了"中国新编剧"季度赛冠军。

"还是蛮激动的。我很早就确定我喜欢电影，但写剧本是第一次，没想到自己的爱好可以顺理成章变成事业，之后我才真正进入了科幻小说的创作。"

接下来几年，段子期这个新人的名字在各大科幻杂志上崭露头角，还收获了不少主流文学奖项。

当然，她也会有新的困惑，比如不少读者看完她的作品会去微博给她留言说看不懂。再比如她最满意的作品《永恒辩》，讲述了一个用电影拯救宇宙的故事。当时投了许多杂志都被拒绝了，编辑们觉得对高中生和大学生而言，这篇小说过于"深奥"和"意识流"。

段子期对此有自己的看法："科幻的本质在于我们如何看待这个宇宙，每个人的理解都是不一样的。任何作品都会有人喜欢或不喜欢，如果能够轻易被改变，只能说明创作者的内里是缺乏'自我'的。"

我问："没想过写一些简单的、日常的题材？"

段子期摇摇头："我们关注的东西都太现实、太日常了，既然已经写科幻小说了，为什么不能跳出去看看外面的世界呢？"

3

看了段子期的小说，同样身为"文字创作者"，真的会有一种自惭形秽的感觉。但我没有想到采访的过程会逐渐变成"表白"的过程。

和我想象中的科幻作家不同，她的文字极具东方美学与精神觉悟。她的小说融入了大量古典诗词、宗教、艺术和文学，她的文字是有韵律的，有庄周梦蝶的戏剧与梦幻，亦有老子的道法自然，读她的小说就像在进行一场酣畅淋漓的时空穿越。

我曾坐在书桌前，一口气读完她的作品，然后忍不住给她发微信："你真的太厉害了，你把我日常感兴趣但不懂的很多东西，用文学的浪漫和极致的脑洞写成了这么好看的小说，不是西方那种硬邦邦的科幻，而是把东方文化的哲思掰开、揉碎，编织出这么柔软的故事。科幻原来还可以这样。"

采访中我一直很好奇：作为一个文科生，她是怎么写出"硬核科幻"的？

听到我的问题，段子期顿了顿，回答："其实要成为一个科幻作家，最重要的不是知识理论。只要我们保持一个基础的科学素养，就能通过脑洞设计，将所有剧情的'不可思议'圆回去，重要的是，这个故事设定在人性和文化面前，经不经得起拷问。文科生写科幻，某种程度上是占优势的，纯工科创作容易被限制在理论里，而我更在意故事本身。"

段子期另一篇短篇小说《初夏以及更深的呼吸》，讲述了一对父子的故事。小说中的爸爸喜欢数学、科技、物理，一辈子都在研究"时间仪"；而男主人公，也就是小说里的儿子，则是一位语文老师，他喜欢古典文化，热爱诗词。一个理科一个文科，对镜映照，将文学与科学紧密结合，两人一辈子都不理解对方，却通过无意中解开的"秘密"达成和解。

先有故事，才有科幻。

这是段子期的小说最大的特点。

在谈到具体的创作方法时，她坦言："我习惯先从'人'切入，通过'人'本身的困境来与观众达成共鸣，我认为这才是创作的根本。抛开这些，一味追求科幻的炫酷与大胆，可能就会变成科幻界的爆米花电影。"

这篇小说正是如此。父亲一直研究的"时间仪"始终差一个公式，儿子一直不理解他那木讷的父亲。直到小说结尾，儿子的两句诗，成为打开平行世界的钥匙，完美结合做出了一个人造虫洞。

文学有平平仄仄，有节奏，有韵律，和数学的底层逻辑是相通的，段子期把这些融合进小说里，恰恰代表着父与子的关系。

在小说最后，段子期写道："宇宙给每个人都留下了一个秘密，解开它的过程不过是消磨时光的一种方式。对故事里的父亲来说，这个秘密是他的钟表，对作曲家来说是音乐，对画家来说是画作，仅此而已。"

我："那对你来说，这个'宇宙的秘密'是什么呢？"

段子期："可能是幻想吧。"

现在的段子期，一边在重庆某所大学当老师，一边潜心创作。闲暇时间，她喜欢弹琴、看电影以及和朋友散步聊天，但在她隐秘的内心世界里，始终潜藏着另外一个平行宇宙。那里是完全属于她自己的。

"我是相信科幻才会写的。我的一位师兄曾提出一个宇宙文明分级制度，还蛮有趣的，他把宇宙文明分为 8 个梯度：T1 是单细胞生物；T2 已经有智慧生命出现；T2.5 来到工业革命阶段，也就是我们正处的阶段；T3 和 T4 已经可以实现星际旅行；T5 是道德纯善的文明；T6 的宇宙就已经没有物质，一切以能量形式存在；T7 将穿越维度本身；T8 甚至可以完全创造新的维度和世界。这些虽然都是设想，但其实，我们个体对生命本质理解的不同，以至于我们所处的世界也不同，是认知决定了层次。我认为，这些文明层级或许同时存在，只是人类自身有太多局限，我们暂时看不见而已。"

就像电影《超体》中的一幕，行走在高速公路上的车辆，能看到前方的风景，却无法知晓更远处会发生什么，但如果处在"公路上方"的视角，便能同时看到过去和未来到底是什么样子。

时间，或许就是一场幻觉吧。

若我们这一生只是体验，那最珍贵的就是创作，因为我们能在现有的世界里不断开发自己的"元宇宙"，使得自己的创意、幻想和故事生生不息，存活下去。

在"和 100 个陌生人吃饭"这个系列里，我最喜欢和段子期聊天。在短暂的几个小时里，我完全忘乎所以，置身于另外一重境界。

采访的最后，我大胆地问她："在未来，你觉得 AI 是否会抢科幻作家的饭碗？在许多电影和综艺里，这样的设定已经屡见不鲜。"

段子期坦承道：

"不怕。AI 可能最先抢占的是快递、外卖等体力劳动岗位。我觉得创作和艺术可能在未来是人机一起联动的模式，但并不能完全取代人类，因为机器人和人类对生命作何理解的反馈、情感是不同的。不过最近我也有点困惑，随着科技越来越发达，到底是人驯化了科技，还是科技在驯化我们——这个关系很暧昧，'主动权'的掌握是便利又危险的。

"我前两天收到朋友寄给我的一封信，三四页纸，我读起来感觉那些文字是生动的、有温度的，跟我在微信上收到的信息是不一样的。我很喜欢的一首诗《从前慢》，那样的状态大概是永远回不去了。"

我点点头："是啊，就像今天我们的对话，被印刷成书很幸运。"

但，在未来还会有人读书吗？

我不知道。

采访实录：

Q：科幻是个很"现代"的概念，你是如何用自己的理解方式把东方文化融入科幻创作当中的？

A：西方科幻是起源，但我不想照搬。我个人理解是，东方文明是非常高级的，相较西方文明认知难度更高，只是当下这个时代，古典的东西无人问津，文学的方式比较迂回，但我愿意用自己的方式去创作。其实许多传统文化都能结合现代创作，比如电子音乐加古风就是很好的方式。大家要有文化自信呀。

Q：我注意到你的许多小说都是用男性视角，为什么？

A：这个问题我和朋友也探讨过。市面上许多女性科幻作家都是以男性视角为切入点，我个人可能是受电影影响，我看了2000多部电影，70%主角都是男性，写作时会不自觉带入。当然，我也写过女性视角的小说，但说实话，以女性视角来写作难度会更高，因为会更考验阅历和对人物拿捏的细致程度。

Q：你觉得自己算是"叛逆"的人吗？

A：不算是，我可以很好地适应规则，同时保持一个质疑态度。

Q：好奇你的作品中为什么会有很多佛学和哲学的东西，是为了保证作品独特性特意为之，还是因为其他？

A：我个人比较喜欢佛教的宇宙观和世界观。其实许多佛经中常常探讨宇宙，《楞严经》卷四曰："云何名为众生世界？世为迁流，界为方位。汝今当知，东、西、南、北、东南、西南、东北、西北、上、下为界，过去未来现在为世。"长宽高的三维空间再加上时间这个维度，佛经中对世界的定义，其实要早于现代科学相对论里提出的"四维时空"。

《起世因本经》中也详细阐述了世界形成的原因和结构。《华严经·华藏世界品》中记载："彼一切世界种，或有作须弥山形，或作江河形，或作回转形，或作漩流形，或作轮辐形……如是等，若广说者，有世界海微尘数。"这说的不就是各种星系星云的形状么。还有许多佛经常提到的"三千大千世界"，同样是一个无法丈量的宇宙的概念。我一直以为，许多学科到了顶端都是有相通之处的，科学家、哲学家、艺术家从山的不同侧面向上攀登，最后都会到达同一处山顶吧。

当讲笑话成为流行新职业

——对谈脱口秀演员石早

提问："你知道普通人和脱口秀演员被网络暴力有什么区别吗？"

普通人："呜呜呜，太难受了我活不下去了！"

脱口秀演员："有素材了。"

这是石早的一个段子，也是他的真实生活。

有天醒来，他刷微博看到小红点显示"99+"，激动地从床上坐起，还以为是自己火了呢，点开后发现是某个社交话题下的谩骂评论。

我问："会很难受吗？"

他摇摇头："做脱口秀讲究的就是脸皮厚，脸皮薄的人，我不建议干这行。"

眼前这个男孩戴了一副大大的有色眼镜，香槟色椭圆镜片，棕灰外套，配上一头郑钧式长发，刘海会随着身子摆动扫过镜框。

坐在国贸锃光瓦亮的港式餐厅里，他是人群中最扎眼的那一个，仿佛下一秒就要掏出把吉他跳上桌子唱摇滚。

很难想象石早出生于 1999 年，四舍五入，算半个 00 后。

一头飘逸长发，配上狂妄不羁的小眼神，洋溢着 80 后那代的"古惑仔"气息。

"你留长发是为了让自己看起来艺术吗？"我问。

面对我的玩笑，他耸耸肩："哪儿啊，单纯为了省钱，北京剪个头发多贵啊。"

石早是那种典型的上课时会接老师话茬、聊天时带一股自来熟气息的机灵人儿。他从小生活在内蒙古，是班上最难搞的那个男同学。初中的时候，和大多数闭塞而热血的小镇青年一样，那个时候石早觉得，最酷的职业就是去理发店当学徒，毕竟那是学校里的"大哥们"常有的归宿。

石早说："是不是听起来有点傻？但这就是当时的我啊。现在很多人随便指责'年轻人不学好'，是他们不了解，在某些生活环境下，有些人真的选择有限。

"幸运的是，我喜欢看书，我青春期特别喜欢王小波，他对我的影响很大，我觉得他是一个很纯粹、很真实、很勇敢的人，从不压抑自己，有什么说什么，他的文字也被同时代的很多人诟病，比如我考上清华的小舅，他就不喜欢王小波，觉得他太叛逆了，但一个人能做自己不该是件值得祝贺的事情吗？"

高考失利后，石早铁了心要来北京。

理由很简单，当时的女朋友喜欢北京，他想和喜欢的姑娘在一个城市。

可能也正是这种敢爱敢恨、爱表达的性格，才能让他迅速成为新人脱口秀演员里最快接到商演的。

"我就是很爱折腾，从大一开始创业，在校内做兼职平台，运气比较好，很快赚到了自己人生第一桶金，当时除了日常开销，还买了辆车，银行卡里剩20多万。"石早说，"疫情期间，我脑子发抽，和朋友合伙开了家火锅店，结果把钱都赔进去了。"

他短短几句就把大学生涯概括出来了。

在其他同学循规蹈矩上课的时候，石早半只脚踏进了社会。他倒不是多渴望成功或实现自我价值，他就是爱赚钱、爱观察、爱琢磨——最初接触到脱口秀，也是因为疫情期间在家憋得无聊，写了一些段子，随手发在了短视频平台上。

幽默的本质，是对生活中一切情绪消解的另辟蹊径。

他吃过生活的苦，再把它消化成段子，结果有几条播放量还不错，还被北京一家脱口秀俱乐部老板看到，对方发来私信：有没有兴趣讲脱口秀？

那会儿线下演出刚恢复，石早没想太多，试试呗。

所有新人演员踏上舞台的第一步，都是讲"开放麦"。

开放麦是线下脱口秀的一种主要形式，与线上大家常看的综艺不同，开放麦的形式更像是开盲盒，有些时候你不知道来现场分享的演员是谁。

大家伙都可以报名去讲。新人通常在此带来自己的首秀，老演员也能借机不断打磨作品。

简单来说，开放麦的主要作用就是：老演员练段子、新演员练胆子、观众们找乐子。

石早还记得自己第一场开放麦，是在南锣鼓巷的一家吉他吧。

自己在家打磨了很多遍的段子，拿到现场去，只收获稀稀拉拉的掌声，就算是再"心大"的人内心也会慌。

石早说："但我转念一想，都上台了还能咋样，就演下去呗。图个自己开心也不错。"

锻炼了几次后，石早逐渐找到了自己的方向。其间也走过弯路，因为这几年《脱口秀大会》的爆火，很多知名脱口秀演员的风格会被拿出来比较，石早刚开始学习脱口秀也模仿过别人。

"后来就觉得那种动作、那种表情怎么都别扭，那不是我自己。"石早说，"演员演得不够爽，观众看着也没代入感。"

因为脱口秀演员的本质就是真实，你讲的东西要有说服力，有"人味儿"，才能让观众相信和共情，才能让他们笑。

从那以后，石早就再没刻意模仿过任何人了。

哪怕现场只有一个人笑，笑声也得是真实的。

刚开始做脱口秀演员，有两个困难的地方，第一就是"收入低"。

俱乐部邀请新人脱口秀演员去讲开放麦，通常是免费置换，新人演员商业演出在 200 元到 300 元一场，大部分脱口秀演员靠演出根本养不活自己。

有丰富经验的成熟演员，大概 500 元一场。

再往上就是知名演员、著名演员，以及现在那些爆火的"行业天花板"。

一个新人和已经上过节目或开过专场的演员相比，收入差距非常大。

石早感慨："很多人真的是在'为爱发电'啊。"

好在大环境变得越来越好了。要知道，前几年在各大票务平台上，甚至都找不到"脱口秀"这一单独品类，观众如果想买线下脱口秀表演门票，都得去"曲艺杂谈"栏目里翻。

随着线上综艺"开花"和大众越来越接纳幽默文化，脱口秀演员们的春天才刚刚来临。

聊到这个话题时，我和石早不由提到快乐是现代人所稀缺的。尤其是生活在一二线城市的年轻人，大家生活压力太大了，很多被压抑的情感无处宣泄。

周奇墨曾说，脱口秀是最廉价的心理医生。

这话没错，没有什么不开心是脱口秀治愈不了的。如果不行，就多听几场。

石早的亲身体验是，疫情以后，周末的演出票更抢手了。

对新人脱口秀演员来说，"存在感"是需要面临的第二难题。

"有一次演出完散场，我和一对观众一起走出剧场，听到她们窃窃私语说今天的演出很不错啊，那个新疆女孩小帕太棒了。"石早笑着说，"我在一旁没忍住道，'是啊，她超棒的'。结果其中一个女孩听到后兴奋地看着我说：'是吧是吧！没想到线下脱口秀这么棒，你今天也是第一次来看吗？'"

这个真实事件把我逗笑了，刚扒拉进嘴里的海鲜捞汁拌饭差点呛到鼻子里。

石早无奈，晃晃脑袋："我一直都没啥能被大家记住的标签，很少有人说我像谁，直到最近有个演员跑来跟我说，你好像我姥姥啊。"

我笑："啊这？"

"我很羡慕我的朋友小帕，一个新疆女孩，特有辨识度，而我看起来太普通了，"石早推推眼镜，把贴附在上面的刘海拨弄开，甩了甩头，

"所以我蓄了长发，整了个'有色眼镜'，希望下次可以被记住。"

除了对脱口秀表演的专注，我发现，石早身上还有个很特别的地方：他比普通人更喜欢观察，他会去分析一场表演背后"好笑不好笑"的综合因素。

"有些段子重复讲过很多遍了，表演细节都打磨得差不多了，但由于现场观众的不同，效果也有所不同；女性其实更容易打开自己，更敢笑，也乐于互动；而大多数中年男性会相对严肃、内敛。每次进入场子，我会偷偷看观众席上的发型，就能估摸出整场表演效果。"石早说，"除了性别以外，不同城市的反馈也有所差异。北京观众是最难取悦的，上次我碰到一北京大爷坐第一排，脸上仿佛就写着'来啊，逗爷笑啊，笑了算我输'几个字，那种感觉仿佛他笑了就是输了。

"大概是城市气质吧，北京的观众更'端着'，上海会更多元和包容。所以对脱口秀演员来说，只要你的段子能把北京的场子'炸'了，那你在全国就所向披靡，到哪儿演都没问题了。"石早继续说，"不过说实在的，也要做好心理准备，演出本身就是天时地利人和，不能过分期待每一场都'炸'，就像人生一样，我们做很多准备才能等来一个机会。"

我问："将来你会去参加综艺吗？"

石早说："有机会肯定会去的，之前《奇葩说》的海选通过了但节目没播，对脱口秀演员而言，线上肯定是能够赋予线下价值的，无论是收入还是名气。"

聊回生活，石早说自己的生活其实蛮单调的，没啥娱乐活动，就是看书、看电影，不像其他同龄人喜欢打游戏或社交。台前幕后，没有太大反差。

最近他在准备法考，将来打算主业当律师，副业讲脱口秀。

我原以为按照他特立独行的性格会把脱口秀做主业。

他听完笑笑，解释道："一方面，考虑到家人对我的期望，未来脱口秀行业如果动荡，我还能很好地养活自己；另一方面，作为一个创作者，只有在文本之外经历更多真实的、锐利的生活才能为内容积攒素材，才能使段子鲜活。最好的脱口秀老师是生活。"

如果 1999 年出生的石早没有在少年时代遇见王小波，没有那些折腾的社会经历，或许他不会去讲脱口秀，舞台上也就少了一个有趣的演员。

如他所说，生活是需要喜剧的。脱口秀演员们不是为了搞笑而搞笑，而是用吐槽的方式，真实还原生活中一些常被大家忽略的细节。

脱口秀演员不是在"卖笑"，而是在卖想象力，卖讲故事的能力，卖独一无二的人格特质，卖自己的生活阅历和那些平淡无奇的岁月里观察到的奇葩小事。

对我们普通人来说，"脱口秀"的意义又是什么呢？

也许是个出口，也许是一次短暂"间隔年"，使我们逃离鸡飞狗跳的现实。

那就祝我们在大笑之后，仍能保持对这个世界的热情，充电完毕，回到现实，继续眼前的苟且。

采访实录：

Q：你是怎么把握"吐槽"尺度的？

A：这点是最考验演员功底的，不冒犯，就不好笑；冒犯，就注定有人喜欢你也有人骂你。对我来说，只要前提不是伤害别人，就敢大胆吐槽。

Q：你有没有想过把女朋友写进段子？

A：她太好了，没啥可吐槽的……而且我们已经和平分手了。

Q：除了法考，你对自己的未来有明确规划吗？

A：我最近在筹备开一家自己的脱口秀俱乐部，和朋友合伙，就在国贸附近，到时候开业喊你来玩。人生就是不断尝试呗，就像我段子里写的那样——我一直不明白上大学有什么意义，直到我毕业才明白，我去海底捞打不了 6.9 折了。

比起金钱，我想，人一辈子至少要做出一件成绩，
让自己能够开心地大喊"办到了！"你不觉得吗？
——伊坂幸太郎《一首朋克救地球》

一辈子很短，
要做自己喜欢的事

——对谈 95 后插画师

1

董二兰，是她的笔名。

她的真名叫"董兰兰"，憨憨的叠词，念起来，唇齿间多了几分亲昵。

这个 1998 年出生的插画师聊起画画来，声音欢快："情绪的表达方式有很多种，诗人把它写成诗，歌手把它唱成歌，我把它画成画。"

董二兰从小喜欢画画，课本上的空白处都是她的涂鸦，班级里"画黑板报"的重任也落在她头上，直到升入高中，她和家人商量后决定走艺考这条路。

尽管我们年岁相差不多，但因地域差和年龄差带来的成长背景迥然。在我读高中时，"艺考"还是"新潮"和"冒险"的代名词，艺考

生占比很小，而现在的孩子们从小就培育兴趣爱好，艺考已是许多年轻人首选之路。

"我始终觉得，能找到自己喜欢的事情，是一件很幸运的事情。"她说。

董二兰在画画这条路上，倒没有被"过分挖掘"，一半是靠天分摸索，一半是源于放养式教育，家人对她的学业和生活都只有一个衡量标准，就是"你开心就好"。

"我也不知道是我选择了画画，还是画画选择了我。不知不觉，它已成为我生活的一部分。在学校的时候，我经常和朋友出去玩，看到好看的场景、有趣的人，我都会在手机备忘录里写下来或拍照片记录下来，等回到书桌前，我就会用我自己的颜色和情绪进行创作。"董二兰说。

有人说，摄影是永恒的魔法，对董二兰来说，喜欢的东西可以用画画的形式表达出来，也是一种妙不可言的魔法。

她有一个插画系列名为《享受独处的时光》，我很喜欢。

这些插画在小红书上也获得大量粉丝的认可，画的是一个女孩在生活中的独处场景，如：早晨起来化个美美的妆；穿上喜欢的小裙子，去转角的奶茶店喝一杯奶茶；去不远处的古着店里淘别致的花衬衫；又或者是在周末午后坐在地板上沉醉于手中颜料勾勒的世界；在厨房用心学几道菜；在夜里泡个热水澡；窝在沙发里享受一个人的微醺。

在董二兰眼中，一个人最好的生活状态，莫过于有个小家，一边吃饭一边追剧，在这个美好又遗憾的世界里，做个独行者。当我们不再疲惫不堪地迎合别人，我们才能有更多时间与自己对话。

我们总是试图把生活填满，用臃肿的人际关系和黏稠的情感来消除孤独，却忘记孤独本身是一种心灵的清洁方式。董二兰用她细腻的画笔，把许多年轻女孩的真实生活状态一一呈现出来。

她的创作让我想起日本一个非常有名、充满传奇色彩的街拍大师——森山大道。

他有一段话亦是诠释独处的美好："极端来看，我没有，也不想拥有人际关系。对我而言，最重要的是能拥有一个静静发呆的时间，如此而已。然后，在生鲜超市、便利商店、百元商店那小而安全的购物行为中感受一点微小的喜悦，不多作无谓的思考，孤独而忘情地度日。"

和尘世保持一定的距离，清醒独立，才能更明白自己到底想要什么样的生活。

2

在成为插画师之前，董二兰和大多数同龄人一样，日常就是上课学习，其余时间窝在宿舍打游戏、刷抖音，闲暇时出去逛街吃吃喝喝。

"没有说这种生活不好，但短暂的快乐过后会觉得有点怅然若失，或者称之为空虚。"董二兰说。

直到 2020 年上半年因疫情缘故，学校开始改为上网课，董二兰专业课不算多，空闲时间多，又不能出门，在浩浩荡荡的时间里她突发奇想，开始尝试去系统地画一些有主题的插画。

那时候她算不上插画师，只是用喜欢的颜色去画喜欢的东西。

因为本来就是美术生，大学学的也是跟美术有关的专业，所以董二兰没有报班，纯靠摸索逐渐找到了自己的风格：高饱和度、色彩鲜明，通过观察与体会还原年轻人的生活状态。

"其实我一直没和别人说过，我创作这个系列，是因为我刚好失恋了。"她摸摸头，不好意思地笑笑。

董二兰和前任算是青梅竹马，在一起很久了，分手却很突然。

分开是她提的，但当时也没想过真的会分手。

分手的理由已经小到记不起来了，但分开以后，居然就真没联系过了。加上疫情的缘故，见面本就是不容易的事情，原本两个亲密无间的人突然被割裂开。

起初董二兰是难受的、不适应的，但随着时间的平复，好像觉得日子也能好好过下去了。一个人吃饭，一个人逛街，一个人看落叶，画画情绪，画画自己。

后来就有了《享受独处的时光》这个系列。

"我这是化失恋为动力啦，也挺好的，不是吗？"说到这，她笑得像个小孩。

我点点头。

人一旦失恋就变成了诗人。

任何事物都有诗意，但我们和诗人的区别在于，你把眼前看到的画面用心灵放大到多少像素。

分手以后，董二兰逐渐开始享受一个人的状态，和她笔下的插画一样，在 2020 年第一场雪到来的时候，她走到大街上，看着银装素裹的世界，路灯下的雪、窗台的雪还有衣领飘落的雪，穿上厚厚的风衣，穿过人声鼎沸的路口……想象着这场雪是上帝写给人间的诗，把回忆里的遗憾都埋在隆冬的雪地里，等到来年，长出新的期待。

她很感谢那段独处时光，让她意识到"自我"是一件挺珍贵的事情。

在董二兰的插画里，除了看到真实与感情，我还看到这个年轻女孩的思考。

在当下快乐逐渐变得廉价的时代，我们一面能在游戏、短视频和娱乐八卦里乐此不疲，仿佛站在宇宙中心；另一面，其实关掉手机，我们并不清楚自己身处怎样的世界，想成为怎样的人。

升入大三，成为兼职插画师以后，董二兰开始认真思考起自己的人生，会把以前打游戏、刷抖音的时间，去研究网上大佬的画……在这个过程里她变得越来越自信，面对孤独和负面情绪也找到一种与自己和解的方式，不再害怕一个人，更不排斥孤独。

3

经过一整年的摸索，董二兰在社交媒体上收获了一批忠实粉丝，同时成为视觉中国的签约插画师。

过程中遇到过很多困难，比如，快结课时作业多，不能按自己的要求完成每天画画的量，就只能熬夜，努力挤时间来画；比如，突然没有灵感，不知道要画什么或者用什么颜色，只能多去看去想去思考去学习。

面对一些小挫折，她也不气馁："努力成为视觉中国签约插画师是我 2020 年就一直在做的事情，只不过因为能力有限，一直没有通过，我就一直摸索，最终签约成功。如果非要说秘诀，那就是去好好热爱生活，然后产出足够优质的作品，那样编辑才会来找你。"

在大学宿舍里，董二兰的床铺是大家伙最喜欢待的地方，因为她会把床装扮得很好看，铺上软乎乎的、图案清新的床单，在床头放很多喜欢的小玩偶，再配上星星灯、香熏，很温馨很有氛围感。

"舍友老开玩笑说:'你是来学校过日子的,而我只是来暂住一下。'其实每个人都有自己的生活方式,但我无论去哪里,都想要好好收拾、让自己住起来舒服一些。'房子是你租的,但生活是自己的'这话虽俗,但不无道理。"

董二兰从未忽略过生活中的惊鸿片羽。

现在的她一边上学,一边画插画,一边运营自己的自媒体,偶尔会接些商单赚稿费,去年寒假时还给《时尚芭莎》画过公众号插画。

"做插画师以来我的改变很大:一方面,算是有了一技之长,对未来有了明确的方向;另一方面,我更加懂得释放自己,很多时候不知道能跟谁表达的话和情绪会藏在画里。这大概就是身为创作者非常幸运的事吧。"董二兰说,"我最骄傲的是多了收入来源,在其他同学还需要家人资助的时候,我可以逢年过节给家人买礼物、包红包。有次姥姥来我家,她每次见我都要给我钱,但是那次我在她给我之前先给她了。姥姥开心又惊讶地说:'我还能熬到花你的钱啦。'"

虽然是很小的事情,但对1998年出生的董二兰来说,这是她迈向独立的证明。

4

采访最后,我问道:"你有没有考虑过自己毕业后干吗?"

"画我自己想画的东西。"董二兰停顿片刻,接着说,"不过未来的事情谁又知道呢。听学姐说,毕业后从事的工作很难是自己喜欢的,如果毕业后不能靠插画完全养活自己,我会先去找一份相对喜欢的工作。"

对于要不要把热爱的事情变成事业,董二兰也有她的想法。

"想把喜欢的事情做成事业，首先得知道自己喜欢什么，因为大部分人是不知道自己喜欢什么的，更别说做成事业了。还有就是想清楚喜欢的事情能不能做成事业，不能说我喜欢睡觉，我要把睡觉做成事业，这显然是不可取的。我也有纠结迷茫的时候，但不会过分焦虑。年轻就是要尝试呀，喜欢就坚持，不合适就掉头。"

希望正在看这本书的你，无论现在是 20 岁还是 40 岁，假设你觉得自己的人生走了一些岔路，比如选错了专业、爱错了人，又或是缺乏一个明确的职业规划……这些都没关系。

人生并不是只有一条跑道的马拉松，它更像是广场舞，挑错了节拍，选错了搭档，都有机会重启。

正如董二兰所说，人生只有一次，去做自己喜欢的事吧。如果不行，那就做第二喜欢的。

董二兰乐天轻松的性格，或许与她的成长环境有关系。

虽然父母只是普通打工人，但从小到大，他们从来没有亏待过她和妹妹，对于她做的选择基本不会干涉，从来都是以孩子开心为主。

"我会画画这件事，他们一直引以为傲。过年亲戚来我家，问父母我学什么专业，他们会特别自豪地说我姑娘画画可厉害了，还经常会把我的画晒到朋友圈去炫耀。最近我问他们，如果我以后不结婚怎么办。他们说，你开心的话，不结也可以啊，你的人生应该自己做决定。"

所以，尽管出身并不富裕，也没有像许多"绘画天才"一样受到众人瞩目，但董二兰对于生活十分知足，对于喜欢的事情充满动力。

人生到处知何似，应似飞鸿踏雪泥。

今年夏天，河南经历百年不遇的大暴雨，一直下雨，下得人心慌。

暑假回家身处濮阳的董二兰，第一次感觉到自然灾害离自己那么近。

那段时间原本就不太顺利的董二兰感觉特别堵心。直到乌云过境，家人朋友也都健康平安，渡过此劫，董二兰才松了口气：

"那个时候我想，这已经算是幸运了吧。又或许，一辈子真的是很短很短，所以以后我还是会坚持初心，对任何热爱的事情都会全力以赴。"

在世界末日到来之前，先去做喜欢的事情，见喜欢的人，吻遍所有美好心愿。

采访实录：

Q：解锁了插画师这一身份以后，生活有什么新体验？

A：做插画师以来感觉整个人更自信了吧，算是有了个一技之长（虽然也不太长），哈哈哈。我会把很多时候不知道能跟谁说的话、突然上来的情绪藏在画里。

Q：用三个词来形容自己，你会用什么？

A：积极向上、爱憎分明、温暖善良。

Q：当代大学生的日常是怎样的？

A：拿我自己来说，生活中除了上课之外，会在宿舍画画，或者去图书馆学习。有时间还会去花店兼职，不但能学到一些东西，还能赚个外快。

真正厉害的人不是那些有条不紊的、完美的人，而是在未知中不断前行，
无论遇到什么变故都能保持自己不倾斜的人。

我的天才女友

—— 对谈数字游民女博士

和梁瑶吃完饭，我们两个人走到鼓楼东大街，站在树荫下等车。

那天北京有风，天特别蓝，入了夜，整个天幕都是清透的，薄薄的云划过电车轨道，红墙上空盘桓的白鸽回了家。我俩在路边拥抱过后告别。

看着面前女孩单手插兜、冲我挥手的潇洒样子，我突然觉得真好，活着真好，相遇真好，我还能有心情留意到这些真好。

那些困扰我很久的东西，在你来我往的聊天之间，在人间烟火的生活面前，在每一种鲜活的不同的可能性面前，在经历了这么多风雨的帝都面前，在时间面前，又算什么呢？

1

梁瑶，我的天才女友。

有着和绝大多数人不同的人生经历，这个从港大、剑桥、杜克实

验室里走出来的女博士，带着一台电脑走过 126 个国家，一边工作一边探索世界。

我们第一次见面是在一个线下分享会上，当时我提到了"和 100 个陌生人吃饭"系列，她当即表示要报名，说自己不知道下一站在哪里，如果不是疫情影响，应该很快会离开北京。

在盛夏里，我们如约会面。

梁瑶给我的印象是"很飒"，有着北京大妞坦然直率的性子，不扭捏，戴一个棒球帽，灰色工装裤，笑容爽朗，坐在我对面抱着电脑说："抱歉，我可能还需要 20 分钟才能结束工作。插了个会，对不住你了。"

然后她笑笑，把桌子上的菜单推给我。

她是当下互联网时代最新潮的"数字游民"。

我们见面的时候，梁瑶在一家以海外游戏服务为主的互联网公司，做全球的开发者支持和技术经理的工作，这家公司聚集了全球各个时区的人。

"你永远无法想象，你屏幕对面的同事正处在什么样的场景里。这边可能刚刚起床、吃完早餐，而这个世界上另一个和你息息相关却又相隔千里的人，可能正在遥远的非洲目睹他的奇遇。隔着屏幕，我们仿佛共享着心跳。"梁瑶说，"我喜欢这种数字游牧的方式，一边旅行，一边在自己喜欢的地方工作。"

梁瑶的一天是这样度过的——早上 8:30 起床回复邮件，10:30 开完会后，安排好整天工作，接下来就可以移动到一个自己想去的地方，只要确保那个地方有电、有 Wi-Fi 就可以了。

我和梁瑶约在鼓楼一间叫 Alab 的咖啡馆，这是她在北京常去的工作地点。

这点我们很像：不喜欢受到拘束，只要拥有一台电脑，有网，就可以工作。

其实我对于梁瑈的工作一知半解，因为隔行如隔山。但我能感受到她好像对于"探索"这件事有着近乎完美的执迷。

梁瑈介绍："我在美国读的是生物医学工程博士，之前的工作性质都是研究，只不过有的时候服务于企业，有的时候服务于机构。但我将永远服务于我自己。"在梁瑈看来，无论是工作还是生活，只要按照自己的心意去选择就好，"我做数字游民之后，比在办公室效率高很多，因为我的时间是自己的资产，我把我的资产效用提高以后，就有更多的时间去享受生活或者去提升自我。"

梁瑈给人的状态是包容的、松弛的，我们聊到当下年轻人中比较火的一些话题，比如内卷、年龄焦虑，她听得入神却不曾被裹挟其中。

我问："你会焦虑吗？"

她答："会，但也就是一阵风的事儿。"

我坦诚自己近来的一些困惑："我身边很多同龄人甚至年龄更小的朋友，他们走得很快，无论是财富还是人生阅历，都比我要强太多。"

这时，梁瑈跟我讲了她在加拿大某个小镇上的一段工作经历，那里聚拢了世界各地的一些天才工程师和科学家，大多人在原来领域已有名气，不缺名利和资产，但他们却选择远离故土，前往一个平凡的乌托邦小镇，接些零散小活以供生存，并不奢求太多物欲。在隆冬里，大家伙窝在酒吧里，喝酒、聊天，好不快活。

梁瑈只在那边待了几个月，她被这些"远离世俗"的天才所震撼，他们看起来那么普通，却有着自己丰茂辽阔的世界。

"这个世界上根本就没有'内卷',当所有人挤在一个巨大的旋涡时,你可以选择上岸,或者用力游得更远一点。像我就干脆不理会这些,从去年夏天开始,我每个月都会选择一个地方生活——根据季节、花期,或想看流星雨、水藻这些特定的季节性的景观,找一个自己想去探索的地方。最重要的是清楚你自己想要的是什么,勇敢选择不同的生活方式,没必要局限自己。我偶尔也会羡慕那些大厂同样职位的人。比如一个在谷歌的同级别的程序员,他除了坐办公室这一点没有我自由,薪水肯定比我高,职业晋升更快,听起来好像比我更有成就,但纯技术领域大家干的活是没什么区别的,甚至我处理的问题的复杂度可能会更高一点,因为我们公司更小,对个人技能天然地要求更全面一点。"

采访过程中梁瑭说了一句"低效也有低效的美感",这句话非常打动我,人生有很多东西并不是快就代表好、代表是自己想要的。

在人生的每个章节里,扮演好自己当下的角色。

这世上不需要那么多英雄,开间糖水铺子也能收获快乐与满足。

2

"你刚刚不是问我会不会焦虑吗?我想起青春期那会儿,其实我挺为自己长得不好看而自卑的。"梁瑭推了推眼镜,头歪了一下,顿了顿说,"这莫非就是传说中的容貌焦虑?"然后又自顾自地哈哈大笑起来。

小时候的北京城还没现在这么发达、这么大,她经常骑着自行车从西城绕到鼓楼这边玩,有时候还会去护城河边和小伙伴们放风筝。

她家家风比较自由,爸妈都是知识分子,但对女儿的学业没有任何苛刻要求,梁瑭是在自己的摸索中找到一套生存方式的。

"我中考那会儿，我爸都记错了日子。"梁瑂说，"小时候在外人看来我是神童，因为我10岁就有自己的第一个国际专利了。我从小就喜欢数学，也获过很多数学比赛、物理比赛的世界冠军，在其他小朋友买明星海报的时候，我专注于在家解方程。"

那个时候梁瑂意识到，自己获得快乐的方式，似乎与同龄女孩不同。

进入青春期以后，随着身边女孩们的百花齐放，梁瑂对着自己"横向发展"的身材很是郁闷，觉得自己并不是传统审美里那种温柔可人的淑女模样。

每每想到这里，她都会更努力地投入到数学中去。她觉得自己虽然长得不好看，但也可以有自己骄傲的地方。

充实的生活给梁瑂带来另一套价值观："我始终觉得，不应该给女生那么多条条框框，只要你能找到自己热爱的事情，你有自己内心的小小美好，就够了。比如写代码，它就是一份工作，不需要很大的体力损耗，女性也可以做得很好。加州理工的校长就是女性。"

梁瑂指了指自己的脑袋："在读了很多脑科学的文章后，我发现女生抗压的能力是男生的10倍，体验痛苦的能力是男生的3倍，而且对细节更敏感，这都是很好的特质。女性很善于情绪管理，只是女性面临的处境往往更多变。我觉得我们要更善于发现自己的闪光点。解决一种焦虑的方式不一定是消除这个焦虑，而是可以穿越它、超越它，在更高的视角上找到自己的价值。"

梁瑂从来不是一个循规蹈矩的年轻人，她总做一些奇奇怪怪的事情。

在香港求学的一段时间里，她想要体验"作为盲人的生活"，于是特意报了学盲文的班，机缘巧合之下，喜欢上一位经济学家。

对方是一位盲人，眼睛近乎失明，但才华汹涌。

两个人把约会地点定在太平山，然后一起爬山。

梁瑶："我当时非常担心他，怕他走山路不太方便，但对方呈现出来的状态就是'我可以''你放心'，我觉得自己有必要不带任何偏见，尊重每个人。两个人一路说说笑笑，很愉快地爬到了半山腰。那一刻，抬头看到高又遥远的天空时，身边是自己当时喜欢的人，我突然有一种久违的平静：蚊虫声、葱郁的树木，还有远处的河流与山下的高楼，那些本来很少注意的微小事物，在无数倍放大的感官面前，有种壮烈的美。"

可能是这个画面被梁瑶描述得太动人，以至于此刻，我仿佛感受到太平山的微风吹过。

3

那天晚上，我和梁瑶聊了好久，直到整间屋子的人都散去，店铺要打烊。

我不得不承认她身上有我非常向往的东西——那种呼之欲出的自由。

她和我在这座城市里看到的大多数年轻人都不一样，她身上没有对生活的疲惫感。我不确定这份轻巧是来自天才本身的价值确信，还是一个人对于生命本来的渴望与探索。

我把她的故事写下来，也是把女性的另外一种生活可能性呈现出来。

之前网上有个很流行的段子说，35 岁以后的程序员去送外卖。

梁瑶也从不避讳职场上的这些壁垒和危机：

"我认识的年纪最大的程序员已经 90 岁了，他在他的领域是翘楚，所有的人都会去看他的源码。

"从某种程度上来说，时代不是在淘汰年龄大的人，而是在淘汰不进步的人。一个人如果只是做重复的事情，那就一定会被取代，跟年龄没有什么关系。当然，你要有自己的一套价值来源。即便离开了目前的公司也能在这个社会上找到立足之地，即使有天退休了，仍可以作为'人'这一个体找到自己的价值。"

其实很多年轻人都向往梁瑶这样做自由职业的生活，当我问梁瑶对此有什么感受时，她笑道："自由其实是有代价的，代价不一定是说经济层面上的，最直接的是不确定性，你在享受自由的同时，是不是愿意为一切的不确定去买单？你愿不愿意去承担风险？

"这其实是大多数年轻人在回避的问题，也是大家痛苦的原因。我的想法很简单，一旦选择了就不要再去听外面太多的声音。人生没那么复杂，按照自己的心意去活，碰壁也是成长的一部分。最坏只不过是发现自由职业没那么适合你，那就回来找一份工作上班，充其量就是找工作时间长一点。"

我点点头，最后问了一个可能会带来争议的问题："你有没有想过，这篇文章发出去后，很多人会觉得是因为你的出身、家庭、学历，造就了你可以去选择自己想选择的人生。比如，和我们同坐在一个餐馆里的许多年轻人，可能正在纠结是留在北京还是回老家发展。这种焦虑对北京本地人可能会小一些。"

梁瑶耸耸肩，举起杯子凑到我跟前来："如你所说，北漂的退路是老家，那身为北京人，他的退路又在哪里呢？我们生而为人，作为人的退路又在哪里？"

良久的空白以后，我们面面相觑，然后相视一笑。

是啊。

生活从来不给我们任何人留任何退路。

我们都只能是被眼前的有趣事物所吸引，这一刻，我们追逐红蜻蜓，跑着跑着，可能看到另一只迷人的布谷鸟就会循声而去，周而复始，人终归只能抓住眼前的小火苗，点亮此刻脚下的路。

真正厉害的人不是那些有条不紊、按照计划成长的人，而是在未知中不断前行，无论遇到什么变故都能镇定保持自己不倾斜的人。

采访实录：

Q：作为朋友眼里的"天才女友"，你觉得自己的天赋与软肋分别是什么？

A：天赋是乐意承担风险，对世界充满好奇，愿意探索尝试，比较少功利心；软肋，可能是有时候抗压能力不太够吧。

Q：你工作中最有成就感的一件事是什么？

A：是我帮助一个巴基斯坦工作室解决了一个相对落后的数据优化问题，使他们赚到能够解决一整村人开销的费用——这个工作可能没法让我发论文或拥有专利，但那又怎样？我觉得这依然是一件很值得做的事情。

Q：面对人生的下一个阶段，你有什么新计划？

A：可能去体验大厂生活吧。

人才是生活方式的载体。

当一个国家大量年轻人梦想成为网红、明星，这是很危险的。

所以，我时刻提醒自己，在内容输出这件事上要做到知行合一，拒绝无知、平庸和低俗。"网红"不是一个贬义词，不该被妖魔化。

我把它当作一份喜欢的事业。

一个"网红"的成长史

——对谈百万级美妆博主

1

9月的一个周末。

我和三三子约在青年路附近一家"网红咖啡馆"。

许是天气缘故，店里人意外地不多，挑了靠窗位置，我从帆布包里掏出电脑来工作，背后有清凉的风吹进来。这时，三三子发来信息，说路上堵车，马上就到。

我点了一杯店内的招牌咖啡"好风"，是用哥伦比亚冷萃咖啡混合了新鲜青提汁、奶盖，加了冰块，调制而成。

趁她没来，我掏出手机抓拍了几张照片，然后忍不住自顾自笑起来。也不知道是从什么时候养成的习惯，吃饭都变成了"手机先吃我再吃"。

正胡思乱想的间隙，咖啡馆里突然走进一个女孩，身着利落的灰色西装，黑色长发，一边摘口罩一边歪头冲我笑："晓雨？"

等到她摘下口罩后，我惊讶道："你的脸也太小了，比视频中还要小很多。"

脱离掉灯光、滤镜、后期，现实中的三三子比抖音里更好看。

皮肤白皙，五官精致，妆很淡，但眼睛特有神，一对很亮很黑的眼珠转动着，眼波流转和盈盈笑意间，有一种让男女都能快速感受到的蓬勃感。

老人们常说的眼睛会说话，大概就是这样了吧。

三三子和印象中的"网红"特别不一样。

见面前我翻阅了她几个平台的作品，不同于流水线上复制出来的那种模板化的、大肆宣扬女性消费主义的视频，在她这里，我几乎没有感受到俗套。

三三子今年34岁了，从事"美妆博主"这个职业长达10年，甚至早在"博主"这个职业诞生之前。

她是山东济南人，初中考入中央美术学院附中后，告别父母，一个人来北京求学。大学读的是中央戏剧学院的舞台美术系，后来又去英国伦敦艺术大学读了研究生，方向是"Fine art"（艺术），所学内容包括绘画、建筑、雕塑、音乐、诗歌、戏剧等，是门综合的学科，身边同学毕业后大多从事艺术行业。

"最早我是误打误撞在论坛板块上开始分享美妆知识的，当时是传统杂志的黄金时代，每个月我都会认真看杂志上的美妆、时尚、穿搭板块，自己也买了很多化妆品在家琢磨，然后把真实评测发到网上去。"

三三子聊到职业起点，状态非常放松。看着她精致透亮的脸庞，我很难相信她口中描述的这些距离如今已有10余年。

2015年，她回国以后，正值移动互联网 App 兴起，各大垂直领域都推出了自己专属的 App。

那一年，她注册了抹茶美妆，一个化妆品交流社区。她在上面连续发布了一周高质量美妆评测内容，然后被平台邀请，成为主推的"达人"。那时还没"博主"的概念，所有和专业技能相关，分享美好生活方式的网红都被统一称作"达人"。

"当时我特别讨厌别人叫我'网红'，我会很认真纠正对方，我是'达人'。现在觉得没关系了，只是一个代称。"三三子抿了抿嘴边的咖啡，笑道。

当年她注册过的平台一个个消失，但上面的许多达人坚持了下来。

作为一个"老网红"，她也算是见证了"博主们的前世今生"，从早年的论坛、豆瓣、微博、公众号再到如今的抖音、小红书，从图文、长视频的形式再到今天炙手可热的短视频，变的是平台与介质，不变的是做内容的逻辑。

我好奇地问："你学了这么多年艺术，最后没从事和艺术相关的职业，会遗憾吗？"

三三子摇摇头："不遗憾。我是个只活在当下的人，而且比起现在随处可见的95后、00后，我这个姐姐还在坚持自己喜欢的事情，不是很酷吗？"

在她看来，"网红"虽然不是艺术家，但作为个体，她仍然可以保留自己对于艺术的喜爱，只是换了一种方式去表达。

三三子的微博上，除了分享美妆视频和生活日常，还有一个自己的原创栏目叫"每周一画画外因"，她用年轻化的语言去向大众诠释艺术作品。她认为艺术并非是高高在上的，它和我们每个人都息息相关，它就在我们身边，在用一种缄默而朴素的方式陪伴着我们。

"记得 2008 年北京奥运会的开幕式吗？整个北京夜幕中的靛蓝天空被一个个巨人脚印形的烟火映亮，那是艺术家蔡国强的一件烟火作品。那年的开幕式，这位艺术家让世界看到了我们的文化。"她说，"我觉得艺术不仅是绘画，它可以做的事情非常多。"

2

三三子在微博上有 300 多万粉丝，抖音上有 100 多万粉丝。

大部分关注者是女孩。

她经常会收到私信，不少姑娘写道，自己有容貌焦虑。

"在和不同女孩的对话中，我发现她们的自我认知如同过山车一般摇摆不定，总是有太多负面信息让她们觉得自己不够好。太多品牌商家宣扬着变美的重要性，好像不够好看就不符合世人的标准。"作为一个美妆博主，三三子也会觉得自己不够好看。她一边比画着三庭五眼，一边笑眯眯道，"但这不该成为女性的困扰。如果你的容貌焦虑来自外界、来自铺天盖地的商家广告，那你要做的是正视自己的身体与容貌，摒弃那些无谓的流言。如果这种焦虑来自'你对自己不满意'，是那种想要变好的正向的信号，就去做改变——学化妆、学穿搭、适当减重都没问题。"

但，真的是你变好看就能拥有自信吗？

并不见得。

三三子补充道："我一直觉得没有什么容貌焦虑，也没有年龄焦虑，焦虑就是焦虑，它不是个单一产物。它可能源自你原生家庭的关爱缺失，可能源自你青春期里某一天被顽皮的同学恶作剧后产生了心理阴影，可能是因为你内心深处的极度自卑——这些内在的刺激，是我们对外在过分苛求的原因所在。我的工作就是教大家变美，但不是纸上谈兵重复那些网上已有的方法论，更重要的是，我希望通过自己的内容，来让女孩们意识到，你本来就很好看。"

在当下，女性意识觉醒，更多人对于美的追求，从"悦TA"走到"悦己"，女性对审美和自我人生的定义也逐渐在从被传统观念裹挟，过渡到勇于追求自己的内心诉求。

我很认同三三子的看法，女性的美原本就是多元的，就像我们的背，它可以宽阔而坚挺，也可以含蓄而内敛，但无论它是哪种模样，都是我们身体的一部分，它沿着蜿蜒的腰线连接起生命的雀跃有力，是我们健康机能的象征，也是年岁见长的经历见证。

皱纹和斑点都是时光的礼物。

世事沧桑，聚散无常，我们的身体却能够陪着自己终老。

3

"很多人说博主赚钱，在当下短视频行业爆发的垭口上，收入肯定相对于上班族高一些。但这些只是时代产物，无论是流量明星还是网红，大众对我们的关注度终归有过去的一天，我们要做的是在潮水退去之后依然能保持正向的赚钱能力。"在聊到未来职业规划时，三三子如是说。

我有些佩服她的理智与清醒，也很好奇这种清醒是如何养成的。

在后来的聊天中，三三子告诉我，她的父母都生活在山东青岛，妈妈是艺术老师，爸爸是理工科类老师，从小到大，父母对她的教育很严厉，他们有希望她走的路，但偏偏三三子是一个特别有主见的小孩儿。

考到北京以后，无论是选专业、出国，还是后来的自媒体生涯，她都是靠着自己的努力一点点摸索出来的。

"我自己就是自己的老师。"她善于剖析自我，也乐在其中。

现在，她虽然有一个小团队了，但还是特别习惯从选题、脚本、录制到后期剪辑，都自己上手。

一来是因为她自己最了解自己的内容；二来就是长久习惯一个人活成了一支队伍，她想要对自己的每一条视频都负责。团队的小伙伴经常对她说：你能不能不要把工作做那么完整、做那么细呀，你总得给我们留点活儿吧。

"真正的原因我有点不好意思说，因为做这些的时候我很开心、很有成就感，所以总是不知不觉就把他们的活儿抢着做完了。"

三三子是真的热爱博主这个职业。

她喜欢分享美妆与时尚，喜欢将生活的点滴美好用视频的方式分享给大家，喜欢教女孩变美，也喜欢和不同年龄阶段的年轻人交流，她在用自己的方式吸收这个世界的能量，同时与其相撞，碰撞出新火花。

夏天快过去的时候，公司组织去秦皇岛阿那亚团建。

三三子抽空溜出去，放松地游荡在海边，仿佛又回到多年前的学生时代。

远处的海浪翻滚而来，人会看到自己的渺小也看到自己的伟大，她很向往大海的广阔，仰望星空心怀宇宙。

三三子比以往任何时候都更喜欢自己。

30 岁之前，她和所有年轻女孩一样，被生活保护得很好。

30 岁之后，她经历了人生的许多变故，离婚、抑郁、重振事业。从那个深不见底的大坑里爬出来以后，她突然悟了，好好享受当下，做点对己对人有价值的事情，会令她感觉充实。

"那段抑郁的日子让我的生活完全失控，但我仍要求自己每天好好洗脸、认真护肤。对我来说，美本身就是一种治愈。好看，的确能带给我好心情。我就是那种心情再不好，也会尽量让自己笑起来的人，长期耷拉着脸真的很容易生法令纹。"

快乐只是一种途径，而像三三子一样拥有深邃的幸福却很难得。

现在她整个人的节奏是松弛的，不同于张口闭口涨粉的博主，她更像是迁徙在时代的一头"恋爱犀牛"，慢吞吞地行走在属于自己的路上。

我始终记得三三子在对话结束时，笃定说出的那句话："我花了十几年确定自己到底想要过怎样的人生。"

也许有一天短视频的风口会过去，怒放的资本收紧，但我相信，她依然会继续用自己的方式分享下去。

采访实录：

Q：现在很多同行自媒体博主都是 95 后、00 后，你会有焦虑吗？

A：我一直觉得适当焦虑是件好事，起码说明对目前的状态并不满意、想要改变。至于如何面对焦虑，就要看自己的心态了：心态不好，会被压得难受喘不过气；心态好，会觉得这是个挑战自我的机会。

Q：你怎么看待流量？

A：我在这个行业这么多年，甚至在"博主"这个词诞生前就从事这份工作了，我认为流量的本质是吸引力，但如何用健康向上的方式持续保持这种吸引力，是我们的功课。

Q：你更喜欢 20 岁的自己，还是 30 岁的自己？

A：草莓青涩，蜜桃成熟，各自有各自的欢喜。每个人、每个阶段想要的不同，坚持去做自己就好。

第二章

温暖的底色

人生没有绝对的风口，你选择的每一条路，只要坚定，都是风口。

幸运的主播

——对谈十点读书主播

1

我在世贸天阶的胡桃里音乐餐吧见到了雅君。

迎面而来的她，身量小小的，短发，手里拎着个很大的袋子，脱掉臃肿的羽绒服后露出白皙修长的脖颈，脸上妆容很淡，整个人看起来干净清爽。

中午时分饭店没什么人，我们也放松下来。

"做主播是不是每天都睡很晚啊？"我问。

"平时结束工作回家收拾完，就到凌晨一点半左右了，昨晚下播时间还算早的。"她眨眨眼，和镜头里一样，语气可亲。

作为新媒体头部大号十点读书的主播兼主编，雅君是这家公司的1号员工。随着新媒体发展，这些年她不仅实现了一定的财富积累，还和平台共同成长，做出了属于自己的个人品牌。与此同时，结了婚，生了娃，事业爱情齐怒放。

"现在所有人都说我幸运。"雅君说,"但事实上,当初我的这份工作,大家压根看不上。"

让时间回到 2014 年夏天,当时刚刚大学毕业的雅君,一边准备厦门市的教师编制考试,一边在网上寻求实习机会,恰巧看到十点读书的招聘信息。从小就喜欢读书的雅君抱着尝试心态参加了面试。

"我去面试的时候,公司是在旧居民楼里办公的。这间所谓的办公室就是创始人林少的家,创业初期嘛,其实我很理解。但父母和身边朋友还是有些担心:不在办公楼的工作靠谱吗?公众号能有啥发展?新媒体听起来新潮,谁又知道能火几年呢。"

面对大家的质疑,雅居自己倒是没有想太多,她认为喜欢就应该去试一试。

她家向来民主,父母还是以孩子的心意为主。于是对新媒体懵懵懂懂的雅君,开启了她的"十点读书之旅"。

刚起步创业,公司人少,大家都在同一张桌子上办公,对面就是老板。雅君每天的工作任务是在各大网站和平台上寻找优质内容和作者,一开始只是争取获得授权,后面随着微信公众号的原创政策和版权意识完善,雅君敏锐洞察到,应该建立属于十点读书自己的作者库。

在她的建议下,十点读书逐渐搭建起多板块矩阵,成为读书领域最有影响力的新媒体。

那是公众号最蓬勃发展的阶段,人和平台每天都在经历高强度的淬炼。

雅君大学学的是新闻,她当时想,毕业以后去当个老师也不错。在十点读书实习了一段时间以后,教师编制的成绩公布了,雅君分数很高,顺利进入面试阶段。

当时摆在她面前的，一个是稳定又体面的"金玉铁饭碗"，一个是很累、未知、很冒险又充满挑战的"世界大门"。她明白，任何事情都是选择，选择就意味着有得有失。

雅君思考过后，仍觉得自己更喜欢眼下这份工作，便放弃了教师这条路，果断踏入新媒体行业。

我很好奇道："你有没有想过，如果当时选择去做一名老师会是怎样？"

面对假设，雅君淡然笑笑："那我也会很努力地去成为一名好老师吧。我是这样觉得的：遇到了就是缘分，接手了就要做好。"

成长是时间的艺术，也是遗憾的艺术。

当时有人劝她别去十点读书，说这家公司没前途，可谁又能想到若干年后，那个窝在居民楼里的"小破工作室"拿了一轮又一轮的投资，成为全国新媒体领域的头部品牌呢？谁又能想到当初那个小女孩靠着自己的直觉和喜欢以及义无反顾的坚持，渐渐地，从编辑做到主编，再做到管理层，直到今天，变成了一个有影响力的人。

我想说的不是"选择"多重要，而是"相信自己的选择"多可贵。

我特别佩服雅君的是，她是那种拿到一个机会，就会努力把这件事做到完美的人。

我一点都不觉得是她幸运，反而觉得是这家公司幸运，遇到的第一个员工，用毫无保留的热情帮助公司搭建起庞杂体系，再后来，熏染出他们的企业文化。

人与工作之间始终是相互成就的。

我始终相信，真正勇敢和忠于自我的人，无论选什么路，都能把它走成花路。

2

和雅君聊天的时候，总能"闻"到一点东西，是厦门湿润的咸咸的海风，是少年时代"沈佳宜"的阳光，是云片糕的香甜，是冬日里叫人感觉温暖的栗子香。这些气味依附在她的身上，顺着语言的脉络，变成文字，再钻入我的脑海里。

虽然身处当下最快节奏的新媒体行业，但她是一个"很慢"的人，不打鸡血，不会煽情，也没有过多的焦虑感，只是专注于做好自己的事情。

在雅君看来，选择一份喜欢的工作，并不意味着绿灯通行。

该走的路，该遇到的障碍物，一个都不会少，区别在于，选择做自己喜欢的事情就是为整个旅途标记了一个"目的地"，心中存在着诗一样的远方，哪怕堵车，也不会和自己赌气。

当公司矩阵搭建成熟以后，雅君也面临着转型，从内容到管理，于她，是全新的挑战。

"我真的不是一个喜欢管理和擅长管理的人，最初加入十点读书，我想得很简单，就是写东西，做出优质的内容，可以和更多书打交道。"雅君用手托着下巴说着，整个人身子往后轻仰，脸上挂着戏谑的笑，露出少见的松弛、俏皮一面，"但是人必须适应自己成长轨迹的变化。"

公司的发展在 2016 年左右开始突飞猛进，厦门和北京两边都有了自己的公司。在此期间，雅君和相恋十年的初恋恋人踏入婚姻殿堂。

很多人用"长情"来形容雅君。

我倒觉得，她身上这种气质是专注，她是一个难得愿意解决困难而不是遇事逃避的人，所以遇到对的人，她会好好珍惜，遇到喜欢的工作，也会认真经营。

"身边好多朋友会拿我打趣，说初恋谈了十年不腻吗？大学毕业第一份工作就干到现在，不会想去尝试新的东西吗？但我觉得，无论是和一个人还是一家公司，我都想要进入深度亲密关系，在彼此陪伴共同成长的过程中，重新在不同阶段一遍遍爱上彼此。在这个快餐时代，如果总是重复进入一些很浅的关系，虽然这种体验刺激又热烈，却容易幻灭，这不是我想要的。"

雅君的这段话让我想起电影《大城小事》里面的一句台词："我们太快地相识，太快地接吻，太快地发生关系，然后又太快地厌倦对方。"

这句话放在工作上又何尝不是如此呢？频繁跳槽，迅速失望，然后在怀疑工作的同时开始不断否定自我，直到荷尔蒙退去，一切都变得空虚，感觉生活失去意义。

焦虑的本质，是因为大家都太贪心了。

这个时代，很多人在聊"斜杠青年"，而有些人就是选择把一份工作好好干到底。

雅君说："刚开始做主播的时候，大家都觉得我不合适，我自己也觉得不合适，但我还是鼓励自己去试一试，结果做得还不错。所以，不要停留在思考这件事能不能做、能不能做成的阶段，做就对了。"

村上春树也说过类似的话："这个世界上根本没有正确的选择，我们只不过是要努力奋斗，使当初的选择变得正确。"

3

从文艺青年到公司高管，再到读书领域的头部主播，雅君这一路，别人看得到的是成功，看不到的是背后的付出。

2017 年，她正值事业上升期，却意外怀孕。职场困境、生育焦虑、容貌焦虑等这些问题也曾困扰过她。

雅君说："当时第一反应是有点慌,坐在沙发上,半天没有缓过来神儿。孩子确实不在我当时的计划里。有那么一个瞬间,我考虑过要不要孩子,但家人的开心和关怀让我静下心来想了很多:自己到底要不要去体验'母亲'这个新角色?刚刚接手的业务可能要全部重新打乱,我的工作怎么办?"

和当初要不要选择新媒体一样,雅君最终还是决定跟随自己的心——生下这个孩子。

很快,一个可爱的孩子来到了世上。雅君和老公为他起名为"串串",代表着他们在重庆读大学时的美好回忆,也希望孩子可以像串串一样,永远热情似火,快快乐乐。

生完孩子重新回到职场的雅君开启了自己北京和厦门的"双城人生"。

"周一到周五,我要在北京的办公室里直播,连线很多读书界的大咖和老师,周末,我就飞回厦门陪儿子。"

说着,雅君把手机递给我,让我看她给串串做成长记录的私人抖音号,里面那个小男孩的喜怒哀乐都被她用心记录下来。

刚开始,串串因为依赖雅君,会因为她每周出差而哭闹,而雅君采取的方法是每周末带孩子去体验很多新的好玩的项目,画画、挖沙子、听音乐、去公园疯玩……她会在陪伴他的日子里,尽可能地给他最充实的体验。在这段时间里,雅君完全不看手机。这种高密度情感陪伴带来的澎湃情绪会让孩子开心好几天,渐渐地,他从害怕雅君出差,变成了开始期待她回来。

其实不论是亲子关系,还是职场关系,我们都需要像雅君一样,找到属于自己的方法。

关于如何保持充沛的精力，雅君分享道："我现在做图书主播每天都要熬夜，需要非常强大的身体素质，所以我格外注意饮食和运动，请私教带我健身；在妈妈和职场白领两个角色的切换间，我会做很细致的精力管理。就像小丑抛球一样，当你有一个球的时候可以很轻松地接住，当你抛的球越来越多，就是考验你技术和策略的时候了。"

自律，不是苛责自己，而是在能力范围之内做到极致。

我让雅君在工作、家人和自我之间做一个排序。她说："那肯定是自我＞家人＞工作，无论何时，'我'是最重要的。"这么多年，无论是工作还是结婚，甚至生孩子，雅君唯一听从的人，就是自己。

我很赞同她的看法，笑着和她举杯。

好好爱自己，不是无条件纵容自己的想法，而是学会保护自己内心那个小孩。不管这个世界上有没有人支持自己、鼓励自己，我们都要做自己忠实的追随者。做错事的时候，可以批判自己；值得骄傲的时候，可以奖赏自己。一个人不用活成一支队伍，但一个人也绝非物理意义上的"一个人"。

从雅君的经历来看，强大的人会让自己的人生有很多支点，包括爱情、家人、朋友、工作、兴趣爱好……某个支点断掉，不足以影响她全部的人生，也不会动不动就造成"我的世界崩塌了"的感觉。

在聊到给年轻女孩的生活建议时，雅君说："尽可能去追求自己想要的人生，多一些支点，也多一些坚持。开放的心态让你拥有更多支点，坚定则是能让不同支点撬动更多东西的工具。"

最后，我问雅君："有没有考虑过，将来不做主播了会去做什么？"

雅君笑答："没有，就先活在当下吧。"

因为真正在做事的人，不会在意风口，也无谓寒冬。

采访实录:

Q：从编辑到主播，从普通职员到公司管理层，有过感觉"吃力"的时候吗?

A：这些年我经历过很多事情，有觉得自己不够努力的时候，有和老板因为工作理念红过脸、觉得特别委屈的时候，但我知道，抱怨和吐槽无济于事，谁的人生不辛苦呢。

Q：你怎么理解年轻人说的"无效打工"?

A：很多人之所以痛苦，是因为既没做好工作，又没有真正意义上想去坚持的事情，在日复一日的机械重复中，渐渐踩入时间的陷阱，这可能就是所谓的"无效打工"吧。

Q：你觉得自己当妈妈后有什么改变吗?

A：更笃定、勇敢、自信了，我现在觉得什么都不是困难。

流浪动物救助机构不是猫咪咖啡馆，这里每天上演着无比现实的生离死别。

天堂收容所

——对谈动物饲养员咕咕

1

95 后的咕咕是一名兼职动物饲养员。

平日她是众多大学生中的一员，而业余时间则在流浪动物救助机构当义工。

咕咕说自己一直很喜欢小动物，但由于家庭原因没有养过。上大学后，有次她在常州旅行，捡到一只流浪猫，带回南京后便送到了某流浪动物救助基地。考完研后的暑假，为了充实生活，她报名当了义工。

这段经历大概持续了两年，咕咕一开始是去基地打扫卫生、照护流浪动物，后来随着工作慢慢深入，参与了线上运营。她负责过机构的自媒体内容运营，还参加过一些公益活动的组织工作。

我问："做动物饲养员，有没有和想象中不太一样的地方？"

咕咕道："那可太多了。提到动物饲养员，大家脑海里想到的可能是在院子里晒太阳、撸小动物，然而现实中，动物饲养员每天都是鸡飞狗跳，完全和诗情画意没关系。"

咕咕还记得自己第一次去做义工的时候正值春节假期，原本想着借此机会交到志同道合的朋友、撸猫撸狗，便满怀期待地按规定，早上八点半到了基地。

咕咕说："然而，当天只有我一个义工，饲养员看到我以后没有给我进行培训，也没多说什么，给我打开了狗区的大门，就忙其他的事去了。一个狗区有100多只中小型犬，听到开门声以后，狗狗们就躁动了起来，此起彼伏的狗叫声嘈杂又响亮，而我的第一项工作就是——铲屎。"

我震惊："啊？"

"对，你没听错。整整一晚，100多只狗拉的各种状态的屎。"咕咕捂住鼻子做出皱眉状，"对于没有任何饲养小动物经历的我，完全是硬着头皮上，我一边铲它们的便便，一边干呕。经常是这一片刚铲完，那片又拉上了。狗子们又很热情地跟着你，眼神里充满无辜，你走到哪，一窝蜂的狗就跟到哪，不断蹭你的腿，好不壮观。"

那天经过一上午的精神冲击后，下午咕咕来到另一个房间，那是一纸箱刚被好心人送来的小奶猫，它们只有手掌大，圆滚滚的身子，细细的绒毛。

咕咕的第二项工作是给它们喂奶，然后帮助它们排尿。

"小动物真的很神奇呀，小小一只，窝在你的手心。"这个画面温馨了许多，咕咕不停感慨猫咪幼崽真是太可爱了。

咕咕做义工的流浪动物救助机构，全称为南京平安阿福流浪动物救助会，是由民间自行组织和发动的公益性救助组织，在南京有一定知名度，在这里，收容了1万多只流浪动物，以猫和狗为主。同时，基地还配备了兽医，专门为小动物们提供体检、疾病治疗和疫苗注射，使这些可爱的小家伙活得更健康。

"我上中学的时候就知道这个地方了，从小到大，我都觉得这家机构是一个很大、很有规模、很温暖的存在，在我心中是高高在上的。但当我深入了解后，发现真实的状况和我想象的大相径庭。"

这个机构远没有市民和咕咕想象的那么光鲜亮丽，而是非常朴素甚至简陋。机构有两处救助站：一处是位于南京浦口区的犬只留检所，这里承担着帮市民找狗、收养流浪狗、治疗病重狗的职责；另一处地点远离市区，在山里，像是动物们的养老基地，收养着大量无重大疾病、年龄较大、不适合领养的狗狗。

在这里工作的小伙伴都是义工，没有经济报酬，仅有的几名宠物医生必须负责挑起所有送来的病重流浪猫狗的治疗工作，日常也会接待面向市民的有偿绝育手术，但普遍低于市场价。

咕咕原以为这是一个有着精密结构、各部门有序工作的大组织，但没想到人员配备如此"寒酸"。因为民间公益组织没收益，能提供的工资很低，而且饲养动物是一份非常辛苦的工作，年轻人很难坚持下来，所以这里的全职饲养员普遍是一些年龄很大的爷爷奶奶。其实国内的流浪动物收容机构生存都很难，之所以能常年收养这么多小动物，照顾它们、保护它们，全靠工作人员的热爱与信念在支撑。

咕咕所在的机构负责人，就是靠这一股憨劲儿撑了20多年。

"哈大姐爱动物，爱到任何事情都从未撼动过她将自己奉献给动物保护事业的信念，甚至卖房修基地。她坚持'拒绝安乐死，给每个生命抗争到底的权利'理念，只要是送来的动物，不管多难照顾都接收，让它们有个遮风避雨的地方、有口吃的，比流浪强……她身体力行做着的事，也影响着我们这些跟随她的义工。"

2

这里招募义工，一方面缓解了人手不够的压力，另一方面可以给喜欢小动物的年轻人一个近距离和动物成为好朋友的机会。

原本生活平淡的咕咕，更是在这里打开了"第二世界"。

"除了吃苦，做义工的过程中我还遇见了很多有趣又无奈的事——因为平安阿福对于送来的动物是无条件接收的，所以除了接收流浪猫流浪狗以外，还接收过各种奇怪的动物。有天基地收到一群羊，听说有人去屠宰场买下了一批绵羊，救生止杀，但又没有办法长期饲养，就把这群羊送了过来。"

每天中午，饲养员都会把羊群放出来吃草。咕咕因为好奇，主动帮绵羊们摘树叶吃，没想到贪吃的小羊为了吃到咕咕手上的叶子，猝不及防地给她来了一脚！

说到这，咕咕哈哈大笑："羊蹄子蹬人挺疼的呢！"

后来这群羊被转移到山里的基地，附近寺庙的僧人经常会拿来各种素斋里的菜叶给小羊们换换口味。在饲养员和僧人们的照料下，羊群在山里过上了无忧无虑的生活。

在基地，除了羊，还有被人弃养的仓鼠、受伤的鸽子、野生狐狸、被放生送过来的乌龟……就像动画片一样，它们在这里友好地共同生活着。

当然，这些有趣的部分只是生活的一面，另一面，则是人间冷暖。

有一天，基地收到一只因车祸而受重伤的金毛。

它的主人在安乐死和弃养给动物机构之间选择了后者。

"这只金毛生性乐观，刚送来的时候头部以下部分肢体不能动，却总是挂着一副笑脸，特别招人喜欢，大家给金灿灿的它起名叫'薯条'。第一次见薯条的时候，它老远就拖着半瘫痪的下半身（由于体重过大，装轮椅对脊柱有伤害，所以没装）走到我面前，嗷呜一口，咬着我的衣服就不松了。这是薯条独特的交友方式，让每个接触过它的人都会瞬间被它的魅力征服。它真的就是一个小天使。

"饲养员们每天给薯条翻身、擦洗身子、扑爽身粉、喂饭，创始人哈大姐还尝试过给薯条艾灸，找学中医的义工给薯条做定期康复治疗。渐渐地，薯条居然可以自由活动上肢了！"

咕咕说到这里脸上不由露出笑容："薯条在经历车祸、被主人抛弃这些重创事件后，脸上却从未有过一丝阴霾，每天吃饭、睡觉、晒太阳，追着饲养员们打滚撒娇。它永远灿烂的笑容也感染着义工们以及关注薯条故事的粉丝们。薯条对于我们来说是团宠，是一个吉祥物般的存在。"

如果故事到这儿收尾就好了。

可是咕咕顿了顿，伤感地说自己最后一次见薯条，它已经瘦成"石佛寺赵飞燕"了。

那是她做义工的次年，江南梅雨季是猫狗皮肤病的高发期，由于基地没条件让"毛孩子们"全部住上单间，薯条在群居过程中感染皮肤病，身体逐渐虚弱。咕咕最后一次见它时，薯条的毛发变得稀疏，眼睛也没几年前那么大了。

一周后，咕咕收到了薯条离开的消息。

伤心之余，咕咕一直祈祷："我希望下辈子它可以遇上个好人家，不会不牵绳让它遭遇车祸，不会因为各种各样的理由丢弃它。"

流浪动物救助机构不是猫咪咖啡馆，这里每天上演着无比现实的生离死别。所以，基地招募动物饲养员的要求中有一条：有较强的心理素质。

咕咕解释道："死亡一旦发生便不可逆转，与其感叹'小动物好可怜呀，我好难受呀'，不如想想如何用实际行动去改善它们的生活，避免悲剧的发生。"

3

真正当过动物饲养员以后，咕咕对小动物们除了爱，还多了一份心疼。

当然，也许会有人问，流浪动物救助机构里那么多动物，为什么不号召大家来领养呢？

领养小动物，听起来是一件很美好、有爱的事。但是，承接一个生命并与它相伴到终点，你真的准备好了吗？

在这儿工作时间长了之后，咕咕发现，虽然基地的动物收容数量巨大，领养数据却增进得非常缓慢。

一来，并没有像大家想象中那样，有那么多人愿意领养流浪动物，大多数人还是习惯去宠物市场购买；二来，基地的领养理念是必须严格筛选领养家庭。他们看过太多弃养、不负责喂养造成的悲剧，不愿再冒险让小动物们面临风险。

目前，大众想申请领养，有几条硬性要求：首先，申请人要在南京有自己的住房，租房不行；其次，必须通过家访，家庭所有成员都知晓并同意领养；最后，在家访过程中，领养团队会充分了解领养人的宠物喂养理念是否和机构相合。

有人不理解，觉得他们事儿太多了，不就是领养一只狗、一只猫吗？有那么复杂吗？

咕咕解释道："真的不是我们事儿多，而是我们必须慎重对待生命。这些看似严苛的标准背后，每一条都有理由。比如租房群体难免会不断经历搬家，万一遇到房东或合租室友没有养宠物的意愿，可能造成动物再次经历被弃养，这不是很残忍吗？小动物们需要一个安稳的家，我们不希望再看到它们流离失所。再比如，如果不严格家访，可能会遇见图谋不轨的领养人，他们可能是虐猫虐狗的惯犯，或从事动物交易。我们所有的小心谨慎，只是为了不让小动物们受到二次伤害。"

生命从来就不是轻飘飘的存在。领养宠物不意味着免费获得一只宠物，许多流浪动物有遗留的健康问题需要解决，或者因为被弃养或流浪的经历而没有一个阳光积极的性格，这要求领养人付出比养一般宠物多得多的精力、耐心、时间和金钱。

咕咕之前遇到过一对外国夫妇，他们从基地领养了一只边牧，并且在领养前做好了心理准备，愿意为这只边牧的身心健康付出精力和金钱。

但由于这只狗狗早期经历过不良饲养，导致情绪敏感、攻击性强，到新家庭才半个月就咬了主人好几口。那对夫妻最终崩溃，把狗狗送了回来，也失去了再次领养其他动物的信心。

"很遗憾，但这就是真实发生的事情。"咕咕说。

生活不是电影，不是所有动物都是忠犬八公，也不是所有人都有耐心陪伴小动物的成长。

领养这件事，终究得看缘分，当然，也有一些领养人会和流浪动物在磨合过程中收获独一无二的故事回忆，共同成长、彼此治愈。

4

在做义工的日子里，咕咕经过和小动物们近距离接触，收获了欢笑和眼泪，也亲眼见证了生命的消亡过程，这让她对自己的人生也有了新的审视与思考。

"我还记得刚到这儿的时候，有次饲养员让我把一个重病死亡的猫咪抱出来，我走近笼子后看到猫咪身体已经僵直，伤患处有飞虫环绕。第一次直面并触摸到死亡，内心的震撼无法用语言形容。"咕咕说，"感受过生命一点点消逝的过程，我更应该好好珍惜当下，别应付自己的心。"

人间就是这样，无味而多艰。

我们能做的就是在靠近彼此的时候，记住那软软的、毛茸茸的小掌，吹在脖子上的热乎乎的气息，祈祷再相遇时还记得彼此。

那天采访结束。

咕咕在小区楼下，偶然看到两只流浪猫正在讨食，她便去附近超市买了宠物零食，10分钟后返回，小猫还没走，看着它们美美地饱餐一顿，摇着尾巴，大摇大摆离去。

咕咕发来消息："此刻就是幸福。"

采访实录：

Q：你的理想生活是什么样子？
A：平凡中带点小惊喜。
Q：你很喜欢动物，那么自己有没有养过宠物呢？

A：没有养过宠物，但我幻想过这样的画面：有一天走在路上，一只小流浪朝我走来，好像久别重逢一般，我们俩的故事就这么开始了。

Q：生活中的你有什么爱好？压力大的时候，会做什么来减压？

A：生活中我喜欢摄影、化妆、社交等，任何有趣的事都喜欢尝试。压力大的时候，我会分析是什么让我压力大，然后尽快想办法解决或寻找突破口。当想到解决办法以后，即使还不能马上执行，也能很好地缓解焦虑，安下心来。

花，是全人类的医生。

植遇，治愈

—— 对谈花艺师

2018 年，我搬到青年路附近的一个小区。

当时在某自媒体大号工作，经常加班，凌晨到家是常事。

每晚拖着疲惫不堪的躯体走进小区后，会路过一家花店，店已打烊，但屋外小花园的篱笆和台阶上都点缀满了星星灯，一闪一闪，在这四下无人的夜晚里，照亮我回家的路。

那家花店叫"植遇"，小小的招牌，却给小区带来温暖。

大家有事没事总去串门，我也常去，买当季的芍药、怒放的绣球、二三枝满天星。有一阵子很迷的搭配是用洋甘菊和紫色风铃作盛装裙撑，再以尤加利叶作为配饰，摆放在窗台附近，每当吹来清甜的风，夜里写稿子便不觉寂寞。

在落魄的日子里也要保持身姿挺拔，这是植物教给我的。

去得多了，得知这家花店老板娘名叫傲傲，不过 20 多岁，是个爽朗爱笑的北方妹子。

真正面对面了解她，还是今年秋天，在楼下猫咖，我们两个熟悉的陌生人就着晚风，来了一场畅所欲言。

1

"我那个时候，每天上班就跟上坟是一个心情！"

傲傲点了一份美式炸薯条，伴随着酥脆声，打开了我们的共同话题。

她原来在外企做数据分析，那是她不擅长也不喜欢的领域，尽管赚钱，但特别痛苦。听她描述起当时上班的状态，我深有体会。

人在做自己不喜欢的事情时，就像爱了一个牵强的人，浑身不得劲。

尽管后来傲傲在这家世界 500 强外企公司一路升职做到了主管，但因从事不喜欢的行业和不适合自己性格的岗位，最终还是决心改变现状。

"比起温水煮青蛙的煎熬折磨，恐惧就像路障，是不得不面对和迈过去的坎，否则人生将不再只是恐惧而是悲剧了。面对恐惧，我宁愿犯错也不能什么都不做。"傲傲说。

一个人，若不破釜沉舟，又何谈全力以赴？于是傲傲不顾周边人的劝阻，选择了辞职。

幸运的是，傲傲的爱人非常支持她，虽然他不善言辞，但特别鼓励傲傲去做自己喜欢的事情。

离职以后，傲傲并没有一个明确方向。以前常逛花店的她，只是在无意中，内心冒出一个声音："为什么不能去做一件小而美的工作呢？"

植物带来的治愈，一直深深吸引着傲傲。但有过职场经验的她非常明白，光靠热爱去做事，未必能成。

她决定从基础学起。先去给花店打工，一边学花艺技术，一边积累开店经验，把别人的店当作自己的店去用心经营。

"大部分女孩都梦想过开一家花店，在午后阳光的沐浴下，悠然自得地插着鲜花，然而我在进入这个行业后却第一时间给自己买了份意外险。"傲傲认真道，"花艺师其实是个高危职业，因为花艺不是简单地组装拼凑，会用到许多工具，像修剪花枝的剪刀、铁丝，你可能会被剪伤、扎伤、烫伤。在做项目时，还要踩上六七米高的梯子去布置花艺，到处是风险。很多时候，花艺师更像是择菜女工、搬运工、包工头……"

世人都只想看到美的结果，而忽略那些千疮百孔的过程。

实际上，花艺师这个职业以及花店的生活，是典型的"理想很丰满，现实万分骨感"。但傲傲不怕苦，在花店工作之余，为了多积累经验，还会跑去给婚礼花艺做免费义工；为了抢到最新鲜的花材，凌晨四五点，傲傲就赶早跑到王四营那边的花卉市场进花。

早春的第一班地铁坐满了睡眼惺忪的白领，当阳光从大郊亭桥下直直驶入市区，这座城市一点点复苏，彼时的傲傲捧着大桶鲜花坐上回程的出租车，开始了一天的工作。

把花带回花店后还要给花换水、剪根，伺候"她们"，辛苦地打理上两三个小时，甚至是整整半天时间。节假日更是忙到不可开交，比如七夕、母亲节大家所收到的美丽花束，都是花艺师们提前一个月给出创意方案、设计配色，再跑到花卉市场选品，精心制作而成的。

积累到足够经验后，傲傲在朝阳大悦城附近开了这家"植遇"——

人间百味皆为花，花间百种皆为遇。

花店虽小，傲傲却为它注册了公司和品牌。开家温暖的小店，遇到温暖的人，是她过去经常做的梦，现在终于成了现实。

不仅如此，因为是邻居的缘故，这家小店也曾一次次点亮我深夜回家的路。

很久之前我就好奇，怎么会有一家店打烊了，还不关灯呢。

傲傲笑着解释："我以前也是上班族呀，知道年轻人不容易，很多人经常加班到很晚才回家。为了大家在回家的路上看到的不是一片漆黑，所以室外小花园的灯整夜都不关。我希望有一束温暖的光可以治愈大家疲惫的生活。"

对她来说，开花店绝不是荒度余生那么简单，而是希望将爱与美好传递给更多人。

让傲傲印象特别深刻的是有一年情人节，花店门口突然停下一辆简易的三轮车，做清洁用的，后面插着几把笤帚。

一位穿着朴素的清洁工大爷在门口徘徊了一小会儿，然后颤颤巍巍走进来，从兜里掏出厚厚一沓零钱。在这个全民使用扫码支付的年代，傲傲和店员都愣了一下。

大爷摸摸头，不好意思地说："我想买一支玫瑰花送给老婆子。"

大爷接过花的双手长满老人斑和皱纹，和娇嫩欲滴的玫瑰形成鲜明对比。但是，浪漫从来就与年龄无关。

傲傲说："那一刻太打动我了，原来，一束花的仪式感永远也不会过时。"

2

我问傲傲和植物打交道这么多年，最大的感触是什么。

她想了片刻说道:"大概是更加能接受生命的无常吧。刚开始做花艺师,我会为精心布置了一整晚的婚礼花艺场景在第二天婚礼结束后要被拆掉而感到可惜,但现在觉得,虽然花的生命是短暂的,但它带给我们的美好回忆是永恒的。植物很脆弱,你再喜欢它们,再精心照料,它们也只能多活几天,但如果你粗枝大叶地对待它,它会立马'死'给你看。"

这多像我们的生活啊,尽管小心翼翼,却也只能打个平手,稍加不注意,它就抽来严厉的鞭子。

有很多年轻人也憧憬开花店,当我提到这个问题时,傲傲却说:"如果想赚快钱,建议不要来做花艺师。"在这行摸爬滚打了7年后,傲傲不由感叹,"相比国外,国内花艺行业还处于初级阶段,不仅是产业的初级,也是认知的初级。国内目前还没一家大学开设专门的花艺专业,大家对花艺师的认知还停留在'插花人员'而非'花艺设计师'。而且,花艺师从入门,到理解门道,再到开店、做设计、接商单等,是一个漫长的过程,很难实现迅速变现。"

除了变现困难,在疫情开始后,人流变少,全国实体店都遭到冲击,花店也不例外。傲傲不得不开始思考转型这件事。

她尝试把业务重心放到花艺培训,同时开发线上课程。

"前期没啥钱,也没有人力,所以我就想不能盲目地去选择平台,而是要找到最适合自己的平台……我想拓展的业务是花艺课程,线下来的大多是本地人群,所以我决定先攻克大众点评这个平台。"傲傲掏出手机给我看,"抖音偏向于记录娱乐生活;小红书偏向于记录美好生活方式;而大众点评核心是好评,只要你的好评足够多,官方就会给你带来流量。"

我赞叹道："你研究得蛮清晰。"

傲傲摇摇头："我压根不懂互联网，但我开店这些年，最不缺的就是客户的好评，不过是结合了平台的优势与自身的优势，渐渐地，好评越来越多，线下来体验花艺课程的人也越来越多，形成了一个正向循环。"

傲傲仅用了半年时间，做到北京大众点评同类的排行榜第一。之后她又用了几个月去做小红书，目前也已获得将近 5 万粉丝。

关于自媒体运营，她的总结是："方向不对，努力白费。千万不要用战术上的勤奋去掩盖你战略上的懒惰。不是你发的多就一定会涨粉，弄清楚这个平台的核心玩儿法是什么，才是关键。做小红书之前，我观察了同类型账号哪些内容更受欢迎，而且内容成本可控。基于观察，我创作了'识花'系列专题，教大家每天认识一种花朵——识花对于花艺师来说太简单了，却是大众最想了解、能够长知识的内容。我们就是通过这个快速引流的。说实话，疫情后学插花的人反而更多了，花艺无疑是一种精神减压。"

线下来学课程的人多了，线上的渠道也打通了。

现在的植遇，已成为花艺行业的一个小标杆，很多年轻人想开店，都会先研究"植遇"的案例。

现在的傲傲，深知自己在管理方面相对薄弱，会去看大量的书学习，甚至给自己报一万块钱一天的课程。

"当然肉疼啦！"她爽朗地笑起来，"我是比较相信利他思维的。如果一个人、一件事想要走得远，就要站在用户的角度去为他考虑。打个比方，早前有客人找我买植物，我主动建议他把容器换成圆形花盆，客人好奇地问原因，其实我是在聊天中得知他家里有孩子，方形花盆容易磕到孩子，换成圆的安全一些。客人就特别惊喜。"

虽然说起开花店和品牌运营来头头是道，但傲傲给人的感觉，始终不是一个"生意人"，或者说，她是在成为自己的路上，顺道成了一个生意人。

3

"我一直都没有把自己定为一个单纯卖花的花店老板，也没有把自己定义为教别人插花的花艺老师，对于'植遇'，我的初心一直是用植物点亮生命中一场又一场的旅途。"

傲傲之所以能在花艺这条路上坚持这么久，最大的原因是，这份工作可以带给别人幸福感。

你也许会好奇，在现在这个碎片化时代，到处充斥着娱乐八卦，大多数人连完整看一部电影的两小时都不愿拿出来。同样 20 块钱，大多数人宁可买一杯奶茶、添一份游戏装备，这似乎更实用。

快乐因过分廉价而扔得到处都是。真的还会有人精心挑选一束花作为礼物，送给别人，送给自己吗？

是的，在这个叫嚣着"浪漫无用"的钢铁森林里，总有那么一些年轻人逆流而上。在夕阳下拾荒爱情，在书店里寻找意义。

我想，这就是为什么虽然外卖如此便捷，我们却仍然对那些充满烟火气的家常菜心生向往。因为人不是机器，不只需要充电，更需要分享和体验，去咀嚼每一顿可口的饭菜，为爱人与朋友点亮生活的仪式感。

"通过植物，我遇到了很多美丽善良的人，每次给学员上完花艺课后，大家会说，插花神奇地治愈了他们很多烦恼。"傲傲道，"一位从事金融行业的姑娘跟我说，自己一年的笑容都没花艺课上一天笑容多；还有一位小伙伴说，快节奏生活中，许多事都记不住，但插花这种美好的感受他忘不掉；还有很多90后宝妈来这里，想要重新找回自己的价值……"

形形色色的年轻人聚集在傲傲的花艺工作室，多数时候，大家在安静插花，偶尔笑谈。手起手落间，工作的压力、家庭的重担，那些压抑在内心的极为隐秘的痛苦与酸楚，都被慢条斯理地抚顺。

对于傲傲来说，这些人不只是她的学员，更是她的朋友。她不仅充当着花艺导师的角色，更是大家的知心姐姐。

网上有句："因为淋过雨，所以更懂得给别人撑伞。"于是，我好奇起是什么让傲傲如此温暖。

采访过程中我注意到傲傲高频次提到"爱人、女儿、同事"，几乎没有聊到父母，我试探性地问道，她的父母是怎么看待她这份职业的。

"我和父母没有太多深度沟通，虽然关系不错，但谈不上亲密。"傲傲很坦然，"我极少对外说我的身世。其实我不是他们的亲生女儿，我是我妈从大山里抱出来的孩子，从小我就轮流住亲戚家，不像其他小朋友一样被疼爱、被宠溺。我好像从很小的时候就知道，这个世界上，真正能倚靠的人只有自己。以前很害怕讲这些啦，随着年龄和阅历增加，我才开始消化自己的故事。"说到这，傲傲摆摆手，"印象特别深的是有一次我住在亲戚家，我妈来探望我。很快她因为工作缘故就要走。我跟着她跑了出去，在漆黑的马路上，她在前面走，我在后面追，对着妈妈远去的背影哭着喊'妈妈别走'，她回过头来抱了抱我，但还是走了。"

这种孤独无助的感觉如影随形，跟了傲傲很多很多年，直到她从少女变成人妻，又成为母亲生下自己的女儿，才能真正理解到一个普通女性要想顾全家庭与事业，是件多么奢侈的事情。

去年，傲傲因为拓展新业务，整个人都扑在工作上。

有一天下班回去，看着生病的女儿，她心痛极了。

她坐在床边给孩子掖好被子，听到女儿在呢喃"妈妈别走"，一声一声，反反复复，敲在傲傲心尖上，一瞬间，她泪如雨下，就好像回到6岁那个夜晚，要赶在天黑前跑到生命的另一头。

"我是从那个时候意识到必须抽出时间多陪陪孩子，我一定不能让女儿重复自己的伤痛。工作的目的是为了更好地生活，而不是丢掉生活。"

现在的傲傲会每周固定抽一天陪伴女儿，其他时间全泡在工作室里，但那一天，必须完完全全属于女儿。

"我对她没什么要求，我只希望她快快乐乐长大，不要经历我所受的那种痛苦。"傲傲说。

"你现在还会埋怨妈妈吗？"我好奇。

傲傲笑了笑，摇头。

人不会对着花朵恶言相向，就把我们所遭遇的一切都当作四月的桃花，一笑了之罢。

秋风乍起，到了说再见的时候，我问了她最后一个问题："和这么多鲜花打过交道，那你自己最喜欢的花是什么？"

"我喜欢的花，花店里可不卖哦。"傲傲神秘地笑笑，"我最喜欢蒲公英，你瞧，它那么渺小，但生命力那么顽强。我想成为这样的人。"

采访实录:

Q：你怎么看待花店的商业化？

A：做花是很感性的，但如果想要挣钱肯定是需要理性的，要考虑成本和客户喜好而绝非只有自己的喜好。想要开一家挣钱的花店，花艺师必须具备两大能力：出色的审美与创意，以及对成本与利润的精准掌控。

Q：新媒体时代下，传统花艺师怎么转型？

A：是冲击但也是机会，打造花艺师个人IP是很好的方式，人是一切交易的入口，现在产品同质化那么严重，可以用你个人的影响力和魅力让顾客选择你。

Q：你是怎么理解花艺设计的？

A：花艺设计实际是用"脚"设计出来的，因为里面含有过去生活体验的所有精华，看过的风景、读过的书、吃过的美食等。

每个人生命当中都有那么几年"大观园"的生活，湿红翠绿，盛世如歌，好不快活，但也就是几年的工夫——风水轮流，青春不再——这是所有人的必经之路。

命运抽查师

——对谈占星师

1

不知从何时起，新新人类越来越喜欢研究星座。

面对互联网上突然火起来的"占星学"，好像一夜之间，冒出许多占星师。

我在机缘巧合下认识 Yaya，第一次见到她时，她穿了一身藕粉色套装，整个人散发出香芋般软软糯糯的气息，没有攻击性，笑起来有一双月牙眼。

她曾在伦敦占星学院学习了三年相关课程，成为第一批拿到 LSA. Dip（伦敦占星学院）文凭的中国占星师。

我想象中的占星师是穿着一身魔法师道袍、手持魔杖、头发卷翘、妆容浓郁，并且拥有随时随地洞察人心的能力。

听到我的描述，Yaya 露出一副见怪不怪的表情："很多人不了解，就会有各种各样的联想。但占星并非迷信，也不是什么神乎其神的东西，它就是一种工具，让我们更加了解自己。"

在 Yaya 看来，占星学的本质是对宇宙能量的研究。星盘就像一张个人的潜力地图，它可以对关键的人生节点做出标记，也可以提供趋势性的描述。

来找 Yaya 做咨询的客人大多集中在 28～32 岁，大家问得最多的问题集中在"事业"和"情感"两方面。

这个结果并不令人意外。

我想起身边许多朋友在这个阶段常常经历事业受挫、失恋、财务压力……面对这些混沌的现实问题，不见得人人时刻有主意，这个时候，就需要一种"外力"来推自己一把。

Yaya 解释："从占星学的角度来说，我们将这个年龄段称为'土星回归'，土星的运行周期大约在 29.5 年。土星这家伙本来就走得慢，还会逆行，因此每个人在 30 岁前后经历土星回归的运势——土星的回归会带给我们压力和阻碍，我们会觉得困难、沮丧、无能为力、被压得喘不过气。老话叫'三十而立'，就是这个阶段。"

人生青黄不接的过渡期，贾宝玉的大观园倒了，孙悟空的筋斗云还没修炼成，爱和生活都很潦草。

那些志得意满的日子，在这个节骨眼，有时是省略号，有时是破折号。区别往往在于我们怎么对待迎面而来的新篇章。

"运势就像来检查功课的教务处主任，她严肃、认真、讲究纪律，如果你好好复习、考试，她会好好表扬你；如果偷懒，她就拿教鞭来敲打你。"Yaya 比画着，举了个非常生动的例子，"有些女孩一直遇到'渣男'，可能是因为自身的情感功课没做好，总陷入某种具有风险的、重复的情感模式；有人不停跳槽，反复创业失败，可能是没有清晰地认识自己的潜能，他们需要去找到自己的人生方向。"

我们的功课是没有办法逃避的，没有一个人、一件事能逃避。

Yaya 在说这些的时候，我不自觉盘算起自己的年龄来，仿佛能听到这位不苟言笑的"抽查员"，正从时光长廊那端朝我走来的脚步声。

我问："那是不是挨过这场大考，度过 30 岁，就万事大吉了？"

Yaya 笑着说："在占星学里，除了'土星回归'还有'土星阴影期'，大概在 30～32 岁，有一些 30 岁之前逃避问题和责任的年轻人，此后还会经历一些困难和不顺。如果你始终拒绝成长，那你的运势就会啪啪打你的脸。"

我很认同，这甚至与星座没关系。年轻时我们所有企图绕开的"刺毛怪"，会一直紧追身后，迟早在生活这场声势浩大的游戏中与你来个正面博弈。

想起平日里那些偷过的懒，这些具体的描述不禁使我起了一身鸡皮疙瘩。

Yaya 眨眨眼："运势会给每个年轻人三次机会：第一次敲门，告诉你要复习啦；第二次，它会踹门并带着惩罚来找你；第三次，便直接夺门而入。"

2

Yaya 从伦敦占星学院毕业后，经过一段时间的职场淬炼，成为互联网时代的一名数字游民。

她一边做翻译，一边做占星师，但大部分时间都在旅行。

"我的工作不受地理位置的限制，所以我有足够的时间来体验不同人文风俗。疫情前，我基本处于在国内生活半年、国外旅居半年的状态。2018 年我旅行了 7 个月，主要沿着丝绸之路在中亚、西亚和东欧旅行；2019 年我从广州出发到加拿大，然后经美国去了古巴，再从中美洲一直游至南美，最后抵达了南极。"

听她娓娓道来，我发出羡慕的赞叹，试图在脑海里拼凑起这些时间轴和地点，在不曾参与的辽阔中分一杯羹，同时好奇地问道："你的职业这么新奇，生活节奏又不比寻常人，那家人怎么看？"

"刚开始做自由职业，他们会有些不理解和担忧，加上我一直在国外旅行，特别是在一些动乱的国家，他们会很担心，希望我可以找一份稳定工作。这种想法根深蒂固很难改变，所以更需要我去引导父母，和他们好好沟通。"Yaya 解释道，同时提出了一个有意思的观点，"父母也是需要一直被'捶打'的。"

还在读大学期间，Yaya 就喜欢在寒暑假出去背包旅行。

2011 年，她打算从西藏搭车去尼泊尔。10 年前，一个人去这些地区和国家旅行还是件听起来很危险的事情。Yaya 的妈妈为了她的安全，主动提出要陪她一起旅行。

面对妈妈的担忧，Yaya 会耐心解释："这趟旅程并非想象中那么舒适，需要在高原地区大量徒步，你的体力不一定跟得上我，而我还要抽出时间精力来照料你。最重要的是，你可以陪我走完这两个月，但你没有办法陪我走完这一生。如果你现在不放心，那你以后都不会放心。"

后来，妈妈同意让她独自前往，那是长辈们第一次放手。

Yaya 的父母相对其他家庭的父母来说比较开明，也比较信任孩子。所以对于她的选择，他们最多不认同，但不会直接反对或干预。

2018 年，Yaya 辞职后，一个人踏上了"丝绸之路"的旅行路线，行至中亚。

刚开始父母以为她只是短期度假，过些天就会回来，后来发现她越走越远，他们便开始担心起来。

为了给父母做心理建设，同时让他们亲身体验当下年轻人的生活，Yaya 邀请他们加入了自己的旅程。三周后，一家三口在土耳其相聚了。

不同于以往的相处模式，这一次，Yaya 挑起大梁，订酒店、找美食、规划行程，用英语帮父母翻译，妥帖细致地照顾着一家人。

从小被父母悉心保护的女儿，如今不仅羽翼丰满，还闯出了自己的天空。爸妈全程若有所思和欲言又止，但 Yaya 劝慰他们尽情享受当下。

一个月后，父母决定回国，Yaya 则继续在巴尔干半岛游荡。

临别前，在塞尔维亚人来人往的机场，父母正排队等待换登机牌，Yaya 将行李箱的拉杆交付到父母手里，不停叮嘱他们注意安全。

妈妈欣慰道："我们本来想把你抓回去的，看来计划失败了。"

Yaya："那你对我还有什么期望吗？"

妈妈："我最大的愿望就是你平安、健康和开心。"

Yaya："恭喜你，愿望已经实现了。"

妈妈闻言大笑，虽然有点气她"不听话"，但还是接受了 Yaya 继续上路的决定。

母女两人紧紧拥抱在一起，然后分别，自此生命的河流再次融为一体。

"这个世界上，最可能理解你的人就是父母，我会主动向他们分享自己的想法，告诉他们我现在过得很开心，我的收入可以负担我的旅行和生活。现在别人问到女儿的职业时，他们不再像以往那样吞吞吐吐，而是大方地说我是一名翻译，也是一名占星师，还会给不懂的朋友解释'占星师'这个职业。"

无论走多远，Yaya 都会在每年春节前按时回家，陪家人过年。

现在因疫情没法出国，Yaya 则选择在国内不定期旅居。她在北京待了一年多，感受过充实而轻盈的四季。前不久，我们见面之后，她又搬去了杭州生活。

其实比起对占星师这个职业的好奇，我对她这个人更好奇。

在网上看到过很多"占星师的致富之路"的案例，大部分路径是开课、培训，复制出更多占星师——大概是这个时代需要"情绪排毒"的年轻人太多。

面对我的不解，Yaya 很客观地说："每个占星师的使命不同，比起占星教学，我会更喜欢做咨询。我做这个东西的初衷不是为了赚钱，当作工作以后，我售卖的只是自己的时间。我最享受的是和人沟通时那种能量的流动，就像此刻我们正在聊的那样。"

3

日本作家青山七惠曾在接受采访时提到过："我们和人见面、交谈，就会不知不觉把自己内心的不安、想念寄存到别人那里。如果不能和人见面，我们的不安和想念一直积攒着，就只能自己一个人背负了。"

我和 Yaya 的工作某种程度很像，需要倾听、观察、分析、记录，和大量的故事打交道，不需辨别真伪，在适当的时候给予回馈即可。

在获得伦敦占星学院文凭之前，Yaya 需与其签订《占星师职业道德准则》，其中有一条是：除非具有专业的技能和资质，我不会向客户提供医疗、法律或金融投资等方面的建议。

"人生中比较狗血的事情,在我这里司空见惯。"Yaya 提到占卜工作时坦诚道,"有客户希望通过占星学获得医疗建议,我会建议他们一切听医嘱。通常无意义的卜卦我会拒绝,并非所有人都愿意去面对卜卦的结果,多数人只是希望听到'好听'的而已。"

她和我分享了众多客人里最难忘的一位,L 女士。

L 怀孕 7 个月的时候,在做孕检过程中,发现宝宝有 DNA 方面的疾病。

孩子是 L 女士的头胎,医生说宝宝的问题可能跟她高龄备孕有关,加上怀孕前期可能接触了一些辐射物,导致宝宝的 DNA 产生了问题。

L 很矛盾,希望通过占星看看孩子能否顺利生下来,以及孩子以后的发展。

在咨询过程中 L 反复询问:"孩子出生后身体会好吗?会诸事顺遂吗?"

Yaya 告诉她:"孩子出生后就有了自己的星盘,也会有自己的意识,这些没有任何人能知道。"

或许是 Yaya 的回答没能让她满意,L 依然追问孩子之后是否会有潜在的疾病风险,她强调自己关心的不是孩子现在能否被治愈,而是他以后是否还会面临一系列的问题。

Yaya 摇摇头:"我不知道。"

在医疗不发达的古代,人们通过占星学寻求答案,但在当今社会,科技和技术都在进步,其飞速的发展甚至是超出我们预测的。

Yaya 当时诚实道:"我没法给你建议,也无法决定一个生命的去留。这是你的人生,需要你自己来做决定。"

反复确认无果后，L 开始讲述故事的真相："遗传学专家团队组织了讨论，给的建议是让我放弃。我担心的不是生产，而是孩子来到这个世界上，要面临很多手术，我不想他一生都伴随着这种潜在的痛苦，我也不想我们夫妻一直生活在这样的担忧和恐惧中。"

"如果放弃孩子，最后期限是什么时候？"Yaya 问。

"没有多少时间了，如果放弃，必须在这个月做引产。"L 说。

"如果占星师让你放弃这个孩子，你是否真的就放弃呢？"Yaya 又问。

"是的。"L 点点头。

"这超出了我职业的范围，甚至是不被道德允许的。作为占星师，我的能力是有限的，也不能将自己的同情、怜悯投射在客户身上，去给你一个符合美好期待的答复。"

咨询结束后的一周，L 告诉她：宝宝已经走了。

在月子中心休养期间，L 在微信上给 Yaya 留了一封长信：

> 对于生命的想法，不管此生是好是坏，都是生命体一开始的选择。如果我没有很坚定地想要为他奉献的想法，如果我想体验的是另一种生命方式的话，是没办法在他有这么多问题的情况下，做这种选择的。在小动物和婴儿的想法里，生命从来就是很轻快地来，很轻快地去，没有我们大人想的那么沉重。所以，我祝福他在下一生能好好体验自己想体验的人生。

生命究竟是否如同 L 描述的那样轻飘飘，抑或是我们大人过分夸大了活着的意义，没人有一个明确的答案。

对占星师而言，认知始终是有限的，他们能给出的建议仅限于自己观测到的东西，沟通只是一个帮助大家探索自我的过程，让那些隐藏在冰山下的顾虑浮出水面，然后帮忙挖出产生这个顾虑的缘由是什么，从而帮助大家更好地做选择。但他们没法为别人的人生做决定。

在 Yaya 看来，一个人如果把人生的各项决定都依赖于占卜来解决，那是对自己不负责任的行为："我是做占星咨询，不是算命。我的工作就像一本字典，比如你问爱情，我没有办法把你的命运照本宣科地读出来，最多帮你把这个字找出来，真正的理解、体验，还得靠你自己。"

平日里，Yaya 并不会随意接受客人的占卜要求，如同心理咨询师和患者一样，患者要找到和自己保持在同一频道上的医生才能实现有效沟通。

因此，Yaya 并不建议大众盲目占卜："每次找我的人，我都会问清楚他或她目前的背景情况，比如感情状态或工作状态，明确对方目的，并告知对方哪些是占卜能做的，哪些是不能的。孔子说知易者不占，善易者不卜。我们应该理智卜卦，不要依赖于任何工具帮我们做人生决定。"

就像 Yaya 当初选择辞职转行，从事一个新兴职业，她也是凭着自己的心意去转行的。

是啊，耳边声音嘈杂，但人终究只能听自己的声音。而我们每个人都是自己的驾驶员，占星师也好，那些"过来人的经验"也罢，最多负责充当导航，但方向盘还在你自己手中。

未来风雨无常，愿你守护好自己内心小木屋里的火光。

采访实录：

Q：在你看来，爱情是不是玄学？失恋了，是该找恋爱培训班，还是占卜算一卦？（笑）

A：爱情永远是一道复杂题。我了解的恋爱培训班，对于一些不愿社交的宅男宅女确实有用，比如教他们如何走出舒适圈、培养自信、学习一些简单有效的沟通技巧。但培训班里能教的，多是一些人性的共同特点，真正恋爱能否谈得好，还得去生活里实战。同样，占卜或能给予我们一些修炼爱情的提示，但也不是万能的，能带你走出失恋阴影的始终是那个更强大的自己。

Q：对于很多996状态的年轻人来说，工作占据了全部的生活，而你的状态是"在工作里也能尽情享受生活"。想要达到这种状态，普通年轻人要怎么做？

A：享受生活有两个先决条件：一个是你需要有时间去享受；另一个是心态好。我们会发现有的人即使下班了，心里也放不下工作（可能是被动的），他们在工作和生活里没有明显的边界感，显然工作的负能量会制约他们去享受自己的生活。

Q：有什么想对这本书的读者朋友们说的吗？

A：建议年轻人要学会拒绝，拒绝无效社交、拒绝无意义加班、拒绝不合理应酬。我们每天的时间是有限的，有舍才有得。

我们会老会死，但我们所创造的虚拟人物将永远存在于童话国度。

大人的玩具和不老的少女心

—— 对谈潮玩设计师

1

"黄小仙"这个名字给我一种很熟悉的感觉，但就是想不起在哪听过。

下午三点半，阳光从"吾肆"甜品店的西北面窗户泼进来，落在番茄色的墙面上，墙上一幅幅油画仿品仿佛被金手指点名般苏醒过来，正带着一种惊讶的眼神观察这世界，恰巧与我四目相对。

一瞬间，竟有些分不清到底是我在画里，还是画上中世纪的人穿越到了现代。

直到黄小仙带着老公（同时也是黄小仙潮玩工作室的主理人）推门而入，我才从梦境中游玩归来。

三人坐下点餐、打招呼，然后就出现了奇妙的一幕，大家并没有急着开始采访，而是各自欣赏起这间甜品店的陈设与创意。

我被墙上的一幅壁画所吸引；黄小仙的老公则是注意到门口吧台

上的一个艺术摆件"白夜童话"，这是当下备受年轻人喜爱的治愈系艺术品；而黄小仙打开摄像头，一边记录眼前景色一边遗憾道："早知道带北北兔来了，这里很有爱丽丝梦游仙境的感觉呢。"

北北兔，是黄小仙潮玩工作室新推出的潮玩作品，它是一只直立行走的灵动兔子，表情娇憨可爱，通体红白剔透。黄小仙还在北北兔肚子上精心设计了一个复古的欧式鸟笼。

初代的几款北北兔各有千秋，赤热的红心、流淌的沙漏、旋转的木马、停歇的心脏，每一个主题都在用自己的方式肆意释放着情感。

我指着某张产品图片有些好奇道："设计这个鸟笼是有什么寓意吗？是表达我们要勇于挣脱内心的束缚，还是这层坚硬的外壳保护着我们？"

黄小仙腼腆笑笑，摇头："与其给它设计一个故事，倒不妨让你看到'它'以后，自己去编写故事。"

在她看来，设计师并不能强加自己的想法给用户，她只是个创意输出者，要做的就是创作、呈现、展示，然后把作品剩下的部分交还给喜欢它们的人。

不同于普通玩具，"潮玩"更像是一种带有温度的艺术品。

2

黄小仙，是个胡同里长大的北京大妞。

她从小喜欢画画，大学读的是美术专业，但毕业后很长时间里，她从事的职业都和画画没关系。辞职做潮玩设计师之前，黄小仙在一家游戏公司做企宣工作。

日子和大多数年轻人一样，上班下班，有条不紊，说不上哪里不好，只是在繁忙的空隙里偶尔想起少年时的理想，会发怔，然后沿着时间平滑的裤脚顺溜下去。

2015 年，黄小仙认识了现在的老公，他是同一家游戏公司的设计。

志趣相投的他们很快坠入爱河，从恋爱到结婚，只用了三个多月。用黄小仙自己的话来说，就是遇到了那个对的人，一切都变得水到渠成。

2017 年，黄小仙在家人和爱人的鼓励下，跳出职场，去做自己喜欢的事情。

这件事的契机是，当时她无意间看到一种叫作"搪胶"的玩具，被它的工艺和设计深深吸引。她从未想过这种玩具会叫大人无法自拔。与此同时，少女时代埋下的种子也开始发芽，她索性决定去试试。

"我父母一直都非常支持我做潮流玩具，他们认为女孩子有一份想努力去做的事业，这本身就很幸运。"黄小仙笑道。

当然，黄小仙也坦诚了自己当时的状况，敢于裸辞有一个很大的前提——她在北京不用租房，生活成本相对较低。

离职后，黄小仙拉着老公去系统学习了制作潮流玩具的具体步骤。

"之前只是当作爱好，真正进入系统学习，才发现一切根本没有想象中那么简单。从设计、倒模、制作、找工厂，到生产上市……每个环节都环环相扣，比如设计师画的设计图，供应商工厂那边无法完整理解，就会出现和实物不符的尴尬情况。"

为了摸索出一套适用的工艺流程，黄小仙花了近半年时间不停花钱试错，才真正踏上"潮流设计师"这条路。

人人都想在逐月的路中顺便捡点六便士，而真实的人生是你需要拿六便士搭起一个梯子，爬上屋顶，才能看到皎洁的月亮。

　　从设计到真正成型出品，"潮玩"的成本并不像大家想象中那么低，也不是玩票就能做好的事业。

　　"总有人好奇，一个玩具为什么卖那么贵。"黄小仙无奈道，"事实上在作品上市前，我们得先自掏腰包让工厂制作出一定数量的产品，这对一个新手潮玩设计师来说无疑是冒险的。现在看到很多年轻人动不动就说要辞职去做潮玩设计师，我想说，真没有大家想象中那么简单，最起码你手里要有一些资金，而且自由职业刚开始的一段时间会慌，没有同事、伙伴协助，在各个环节，你都会不知道要怎么和人沟通。"

　　黄小仙是众多创业者中的幸运儿之一。2018 年开始，她主动报名参加了一些潮玩展，渐渐在潮玩圈有了名气，微信上加她的潮玩爱好者越来越多。

　　现在她可以安心在家打磨出好作品，找合适的工厂制作上市，然后积极参加展会，在许多线下场合与粉丝面对面交流，分享自己的设计理念。

　　正是这样一点点努力、积累客源，才度过早期无人问津的尴尬时期。

　　聊天过程中，我们不约而同提到，对于许多年轻人来说，潮玩现在已经是一种解压方式。

　　"一个好的设计是可以让欣赏者得到放松和治愈的，这也是为什么许多潮玩爱好者会把它当作收藏，当作心爱之物去保护。"黄小仙从设计师的角度讲述着作品的意义。

　　这时，黄小仙的老公则反问起我："你平时会买潮玩吗？"

　　"说实话，我并不属于潮玩爱好者，但有时会在路过泡泡玛特时，随手买一个好看的盲盒，时间久了，家里的书架子上也琳琅满目，摆了好几排。它们渐渐成为我烦闷生活的点缀。”我回答。

我在聊天过程中突然想到自己第一次买盲盒的场景。

那好像是 2019 年的秋天，在一个百无聊赖的日子，我被工作上的事情搞得崩溃不已。彼时的我并不渴望与人沟通，也无心依靠酒精、美食和玩乐来打发注意力，随便套了件卫衣，出门去散步，走着走着就到了家对面的朝阳大悦城。

当时我心里憋着一口气，但钱包松松垮垮，并没有太高的消费能力。

最后转来转去在负一层随手买了一个盲盒，拆出了一个“金发小娃娃”，后来我才知道它叫“Molly”，是泡泡玛特的掌上明珠。它有双大大的蓝眼睛，噘着嘴，看起来不是很开心的样子，却莫名戳中了我。

听我说到这里，黄小仙和她老公交换了一个眼神，露出心领神会的表情。

黄小仙的老公双手撑在桌面上发出感叹：“晓雨，你就很能代表当下的年轻人啊，我们即将要拓展的是大众群体，而非小众潮玩收集者。”

他们希望我继续分享一点自己对于潮玩的看法。

其实我分析过自己为什么会慢慢喜欢上买盲盒，于是认真答道：“有时不顺心，很想买个包来解压，但代价很大，我会在冲动消费后后悔。如果只是花两杯奶茶钱买一个娃娃，或是用拆盲盒的刺激与快乐来抵消生活的酸楚，这既在我的消费能力承受范围内，又填补了那种空虚感。”

就像很久以前博主和菜头说的那样：“在超级城市里生活，万人如海一身藏，没有人在乎你是谁、你在做什么。无论你在这里混得是否如意，这种能够长吁一口气、隐藏在陌生人中间的感觉，还是会让许多人感觉到安全和放松。”

能让年轻人感到情感共鸣的一些小事，在当下都是商机，比如让人微醺的鸡尾酒、密室逃脱、潮玩。

3

"到底是什么样的人会买潮玩呢？这些人10年后还会买吗？"我问。

"还真是五花八门，并不像大家想的全是95后、00后。"黄小仙笑道，"有戴大金链子的大哥，有文弱清秀的小男孩，等等。在某一次市集活动上，还有一个年约50岁的阿姨来询问，当时我们以为她是买给孩子的，结果她说是她自己喜欢。"

的确，在传统的刻板印象里，玩具似乎是小朋友的专属，但实际上，"潮玩"逐渐被越来越多人接纳。快乐模糊了年龄的界限，把我们都变成"追梦同龄人"。

早前弗洛斯特沙利文咨询公司有份报告说，潮玩市场的主要消费者年龄分布在15～45岁，占总人口35%以上。

当我提到这份数据时，黄小仙的老公补充道："不同城市的潮玩基因也不同，国内的话，上海是氛围第一棒的，北京、成都、长沙、杭州、厦门也都不错，现在许多二三线城市的市场也逐渐被打开了。"

虽然潮流会变，但打通人性的情感特质不会变；虽然娱乐方式会变，让人快乐的方式也会变，但人们永远不会停止追求快乐。"潮流设计师"作为当下的新兴职业，其实也会变，但不论何种方式，我们只要不断坚持去做自己喜欢的事，你的热爱，总有同好会买单。

我很喜欢黄小仙所做的潮玩及背后的故事，不仅因为玩具好看，更因为她的想法与创意。

她在表达创作理念时，说道："我不会去设计让人情绪波动太大的形象，我知道，现在的年轻人除了面临很大的生活压力以外，还要面对形形色色的社会人群，我希望自己的作品能给他们带来一种甜美、平静、治愈的感受。"

她想要治愈都市年轻人的"情感缺失症"。

在这个遍地成功学、速成班的年代里，她选择静下心来，去做好一件事。

因为真正的潮玩，需要时间与技艺彼此成全。

"我们希望自己做的事情不只是'潮玩'，而是一个艺术与生活的结合，可以延伸到不同场景、不同产品，潮玩只是一种形式。"黄小仙说，"现在售卖的是玩具，未来可能会出盲盒，但那也只是一种形式。"

黄小仙提到北北兔，对她来说，它不只是一个身高 17 厘米的涂装玩具。这只温柔的兔子小姐，它会一直以不同的形式出现在大家身边。

现在，北北兔已经有了一个专属于它的精神乐园，而且进入这个世界的人都可以共享它细微的情感变化。这个过程或许才是潮玩真正的乐趣所在。

4

黄小仙看似一帆风顺，实际上在 2020 年，黄小仙也被迫暂停了一段时间的工作。

当时工作室已经和泡泡玛特达成合作意向，但黄小仙怀孕了，身体状况不允许她去参与其中许多工艺。从怀孕到宝宝出生这一年半里，黄小仙经历了许多女性会面临的困境。

"职场焦虑、生育焦虑、容貌焦虑，这些焦虑我通通都有，生育让我停滞了一年半，不能画画、不能喷涂……中途我不断调整心态，终于回到正轨上。我能很快从焦虑中走出来，最大的动力来自本身对潮玩的热爱。我觉得不管什么职业的女性都可以选择向前走，跳出原有圈子，重新审视自己对待工作的态度。我自己是在产后选择报班学习那些未曾接触过的领域，在学习新事物的过程中逐渐调整好心态的。"黄小仙分享道。

北北兔便是在宝宝出生以后，黄小仙在紧锣密鼓的生活和工作中设计出的。

"当了妈妈以后，人的敏感度会变得更高，会不自觉在作品中投入更多爱与情感。比如，初代第一款的钟表指针，指向的就是宝宝出生的时间，我想把这份爱记录下来。今天选择和你出来吃饭，也是趁孩子睡着的空隙，好在我妈能帮我啦。"黄小仙眨眨眼，跃跃欲试拿起叉子想尝一块抹茶蛋糕，手又缩回去，刚生完宝宝不久的她处于身材恢复期。

一旁的先生打趣她，两个人说说笑笑，我倒有些不好意思起来。

黄小仙的老公顺势接过话茬，说妻子本身不是善于言辞的人，平常两人的分工明确，妻子专注于创作本身，他则统筹整个运营、商务、推广与合作部分。

某种程度上，两个人既是灵魂伴侣，又是事业搭档。

最重要的是，他们人生目标是一致的，能够理解对方，碰撞出能量，支持彼此喜欢的东西。这份爱就像货币，源源不断地流通于生活中，不断带来衍生价值。

采访快结束的时候，黄小仙提出想去附近拍点照，让我和他先生再聊会。

她老公坐在旁边摆摆手，佯装无奈："她总是这个样子啦，像个长不大的小孩。"

这时，我突然想起"黄小仙"这个名字——不就是多年前那个赚惨大家伙眼泪的爱情电影《失恋33天》中女主角的名字嘛！

还记得电影中有一个经典场面，在北京新天地的君悦喷泉旁边，黄小仙对有钱但不懂感情的魏依然说："有一种姑娘爱你的方式是把你带到新天地底下，给你一个机会为她们消费。另外一种姑娘则是把你骗上来，真心实意想和你在好风景里接个吻，让你看看北京的小夜晚有多梦幻。"

啧。

我眼前这个简单而赤诚的女孩，不就是平行时空中的另一个黄小仙嘛。

采访实录：

Q：在成为一名潮玩设计师的这个过程里，有没有遇到什么困难？

A：早期作为一个新手不了解工艺流程，经常出现设计图和实物不符，以至于有半年都在不停花钱试错。好在有位设计师朋友引导，才在短时间内解决了很多问题。

Q：什么是你重要的创作灵感来源？

A：灵感主要从旅行、看电影中汲取，看到平时看不到的景色，体会日常体会不到的情感。

Q：你觉得自由职业和上班最大的区别是什么？

A：同样是赚钱，做自己的事情确实能带来更多自信和自我认同感。

会讲故事的摄影师，更像一位心灵调查者，他用镜头穿梭于客人的过去、现在和未来，最后得到的照片往往带着一种特殊气味，与我们的人生产生链接。

会讲故事的摄影师

—— 对谈独立摄影师

我第一次刷到张赖汉拍摄的照片时，脑海中浮现出"青春"两个字。

在他的镜头下，无论男女老少都被赋予一种金粉质地的清透感，草地上奔跑的少年、毕业季穿着婚纱的女孩、橙色日落下举着仙女棒大笑对视的中年夫妻……

一个人，就是一部电影。观看者循着被定格的画面，似乎可以联想起这个人的来龙去脉。

在各类修图软件层出不穷的年代，一张好看的照片很容易诞生，但真正打动人的，往往是照片背后的故事。

对张赖汉来说，拍照是一个采访"人"的过程，摄影成片则是迟到的情书。

张赖汉说："在拍摄前，我会和客人聊很久，再根据这个人的特性，去策划拍摄的服装、道具、场景等，最后得到的照片好像会有一种特别的使命，不仅是好看，而是记录了别人的一段珍贵回忆和情感。"

1

今年是张赖汉做独立摄影师的第二年，他在 2020 年疫情期间决定裸辞，从北京回到武汉。

在做摄影师之前，他在北京一家节目制作公司做了 5 年的节目导演。在北京待了 5 年，他和所有的北漂年轻人一样，为自己的将来踟蹰。

"26 岁生日那天，我是一个人在北京隔离中度过的。当时想了好多，关于自己的工作和生活，关于自己到底想成为一个什么样的人。其实很早之前就有当独立摄影师的念头，但一直处于纠结状态。疫情反而使我下定决心，于是，我开始主动在知乎、B 站搜索'2020 年裸辞到底好不好''独立摄影师应该具备什么素质''裸辞去做独立摄影师会有出路吗'等词条，一边从外部世界找寻方向，一边对内重新审视自己身上的特质，包括是否自律、是否具备良好的沟通能力和审美，得出的结论是，自己好像还挺适合的。"张赖汉笑笑，"于是我下定决心裸辞。"

离开北京前，他录了一段小视频，镜头中同事们或调侃或鼓励，对于他去追求自己想要的人生这件事，大家惺惺相惜，彼此守护着内心的火苗。

真正去做一名"独立摄影师"，就意味着摄影不再只是爱好，而是必须靠此来谋生的一种职业。

2020 年 5 月，张赖汉离开北京后的第一站是大理。

整个盛夏他都待在大理，在苍山洱海边拍照学习、积累作品，有了一个大概的"运营思路"后，他才正式回到武汉。

一开始，家人对于他辞掉年薪 20 万的稳定工作是非常抗拒的，长辈们都认为有个稳定工作就很不错了，为什么要去折腾呢？

张赖汉说到这儿叹了口气，给我举了一个例子："有一次我在外地旅拍，刚结束一天的拍摄，正在车站吃泡面当作晚饭。我爸这时打来电话，问我在干吗，接着问我旅拍赚钱吗。我说不赚钱（因为外出的差旅成本很高），我爸是急性子，他就提着嗓子说，不赚钱，你搞这个干吗……当时我已经非常辛苦了，听到我爸这么说就气得挂掉电话。当时我很委屈，感觉他们不支持我的工作，不理解我。"

他的讲述让我想到当初自己决定去写作，我妈对我的态度。天下父母都一样，担心子女过得不够好，担心子女选择的路太辛苦。

"后来我妈打电话来安慰我，要我注意身体，忙完了吃点好的。那一刻，我特别想哭。"张赖汉补充道。

但很快，张赖汉为了拍片，全心付出但又动力满满的模样，让爸妈渐渐明白，他是真的想认真做一份自己的事业。在和家人认真沟通、分析了不同职业发展的利弊后，爸妈终于选择支持他的决定。

"也许我爸妈没办法帮我规划我的未来，但是他们用自己的生活经验和最真切的情感去鼓励我成为一个积极向上的人。"如今，张赖汉很感恩父母的支持。

但哪怕得到了父母的支持，起初，张赖汉的摄影之路也不顺利，一开始接单很少，收入不稳定，他有一段时间陷入自我怀疑，不知道自己到底适不适合走这条路。好在身边人都在鼓励他，于是他选择沉下心，一组组照片去拍，一张张照片去修，几个月过后，约拍咨询慢慢多起来。

人生最大的捷径，也许就是坚持。

和有团队的摄影师不同，作为一个独立摄影师，早期的他不仅是摄影师，还是修图师、化妆师、服装搭配师，甚至包括客服和互联网运营，一人身兼多职。

"我开始学着经营自媒体平台。独立摄影师的大部分约拍咨询和客户都来自互联网平台，包括但不限于微博、微信、小红书等。裸辞之后，我才发现原来自己能做的事情这么多。"张赖汉说，"我拍的每一套作品，修的每一张图，做的每一个教程，写的每一篇笔记，都是我默默耕耘的印迹，也成了我跟他人分享交流的媒介。慢慢地，这些印迹和媒介丰满了我，而我自己也在影响着一些人，这是我做独立摄影师最欣慰之处。"

2

现在的张赖汉，在用他自己的方式重新生活着——常驻武汉，不定期旅拍。

他也在不断拍照的过程中领悟到摄影对他到底意味着什么。

"我之前是导演，无论是导演还是摄影，本质都是通过影像去表达。拍照时，我的逻辑是自己在'导'一组照片。"张赖汉这样解读自己的创作过程。

去年秋天，张赖汉接到一个女孩的私信，说想要约拍一组"我和奶奶在一起的外景"。当时他被惊到了，因为大多数约拍客人都是想拍生日写真、情侣写真等，而这位姑娘，是想要和80岁的奶奶留下共同的影像。

因考虑到让身体不便的老人家到十堰市里拍照太奔波劳累，张赖汉和女孩一拍即合，决定去奶奶所在的乡下拍照。

　　而且张赖汉考虑到，老家是奶奶和女孩从小待过的地方，在熟悉的环境下，她们不会太紧张，更容易释放情感。

　　于是这次难忘的跨城拍摄就开始了。

　　早上6点多，女孩和朋友来接上张赖汉，然后一路走高速、坐轮渡，最后还走了一段山路，终于来到了奶奶家。

　　张赖汉说："饭桌上特别有意思，女孩的亲戚想当红娘，打探与我们同行的一个男生的年纪，我就在旁边看热闹，旁边的奶奶一个劲地叫我们多吃……当时气氛特别温馨，就好像回到了自己亲戚家，大家伙说说笑笑好不热闹。这个过程让我和奶奶迅速熟悉起来，等到拍照环节，奶奶比想象中更快进入状态。"

　　拍摄老人和拍摄年轻人的方法并不相同，更需要带入一种情境，比如让孙女和奶奶聊天、让两人一块儿干活，用镜头还原她们过去的真实生活场景。

　　"因为惦记着小鸡崽们没吃东西，拍了一段时间后，奶奶坐不住了，这才结束了拍摄。那次拍摄我特别感动，吃着奶奶做的可口饭菜，然后在门口瓜藤下拍照，看着远处的菜园和旱地，让我想到自己的家乡和奶奶。"张赖汉说。

　　但他的奶奶，已经在5年前去世了。

　　遗憾的是，他没有一张和奶奶的合影。电脑里存的一些奶奶的照片和视频片段，还是大学暑假在家里胡乱抓拍的。所以有幸帮别人记录他们和奶奶的瞬间、留些影像，他觉得很温暖。

　　摄影有时是一种连接情感的方式，拍得越多，张赖汉对这份职业越有敬畏心。他珍惜来到他身边的每一位客人，也试图努力将大家想要表达的情感用照片释放出来。

3

"我现在会收到一些年轻人表达他们也想裸辞做独立摄影师的私信。但我会反问他们，想辞职的原因是什么。我不建议大家因为逃避工作压力而裸辞，因为自由职业者也是一份工作，上班时会遇到的问题和麻烦，自由职业者一个也不会少。"张赖汉说。

"拿独立摄影师来说，这份职业的优势在于可以用爱好赚钱，不用朝九晚五坐班，生活的主动权掌握在自己手里，足够自由。

"但独立摄影师还必须面对现实的一面：白天拍照、熬夜修图是常态，有时对着电脑一坐就是一天；前期需要投入资金购买摄影器材、服装道具，还要花时间投入学习；夏天出外景暴晒，冬天出外景挨冻。为了获得更好的角度，经常要趴在地上。最重要的是，不上班了，就意味着没有稳定收入，人会感到异常焦虑。"

张赖汉把做独立摄影师的利弊都在采访过程中掰开了揉碎了讲给我听，这些也可以供想要走这条路的朋友们一些参考。

真正的热情是需要考验的，成为自己往往是从拒绝成为"别人眼中的自己"开始。

如果以上这些你都考虑清楚了，还是很喜欢，那就试一试。

张赖汉坦言："过去一年里，通过作品积累，我在一个全新的领域成功养活了自己。虽不算大富大贵，但我依然觉得自己很了不起。"

现在的张赖汉对于职业规划有了一些新的憧憬，他说："我希望我的摄影能够影响更多人。接下来，我会考虑做一些'摄影+'的内容，如'摄影+美食''摄影+生活'等。我想让拍照真正成为一种表达方式，而不只是局限在摄影本身里。"

就在接受采访前几天，张赖汉接到一个商单，是李宁品牌想给武汉一个门店店长拍摄人物照片，用作人物故事配图，当时张赖汉作为备选摄影师之一被推荐上去。

同时被推荐的还有好几个摄影师，但最终他们决定邀请张赖汉去进行拍摄，理由是：他的照片更有故事感。

这和我的感觉不谋而合。

这个人对于生活是有源源不断的好奇心的，相机在他手下就像一根针，串联起人物的喜怒哀乐，然后再"砰"的一声，扎破我们"生活"这个巨大的虚幻泡泡。

采访实录：

Q：决定做独立摄影师后，你先做了哪几件事？

A：一就是学习，提升必备技能，补足短板；二是多加入一些同行社交圈；三是积累作品；四是积极运营自媒体平台。

Q：放弃相对高薪的工作，现在来看觉得值得吗？

A："值"还是"不值"，很难衡量。总之辞职后，我成功养活了自己，还慢慢经营起了自己的自媒体账号，算是很大的成长吧。

Q：对于同样想要裸辞的朋友，有什么建议？

A：裸辞是需要付出代价的，至少一段时间没稳定收入。我建议在不太笃定的时候，可以通过业余时间去完成，或是兼职，先试试这样的爱好一旦变成工作自己是否还会喜欢。

当然，如果你已经有了明确的方向，甩开膀子干就好了，失败了大不了再回去上班。

第三章

情感失语症

大多数情况下，我们以为的爱，只是一种对爱的模仿。

新北京爱情故事

——对谈北漂青年

我是在大前年（2019 年）11 月见到的史大树。

那是个黄昏，我原本打算提前到中国美术馆看个展，再抄小路步行去约定好的地方。出门前收到编辑消息加急改个稿子，便耽搁了。赶到小云南是 7 点整，外屋人坐满了，正打算拿起手机问下他具体在哪，就看到里屋有个穿着灰色 T 恤的男生朝我招手。

我回头看了下身后没有人，才确定他喊的是我。

他和我想象中不太一样。在此之前，我已经知晓他的职业是互联网公司的 HR，印象中的 HR 大多能说会道，史大树却有点腼腆，说话的时候会脸红。

因为喜欢海贼王，他养了一只猫，叫船长。

喜欢猫的男孩子给人的感觉总是温柔的。

他拿手扶了一下眼镜，把菜单推给我："你来过，你点就好。"

空气中弥漫着云南菜独有的清爽气味，我点了烤罗非鱼、椒盐蘑菇、四方街土豆、菠萝饭，还有一道松露鹅卵石烹蛋。暮秋时分，人更眷恋热气腾腾的感觉。

史大树说他上午刚搬完家，下午在鼓楼附近逛，然后向南而行去了景山公园。

虽然是周末，但人并没有很多，他一鼓作气爬到了山顶，看了场"属于一个人的日落"。

这里的黄昏总是来得特别猛烈，金粉叠着鸦青，前一秒还奔放的光芒，下一秒就毅然决然地扑灭了所有人的幻想，如同暴躁的情人。

"真的很美，如果能够与喜欢的人一起分享，应该更美吧。"

史大树说这话的时候，我莫名想到日本诗人石川啄木笔下的那句：把发热的面颊，埋在柔软的积雪里一般，想那么恋爱一下看看。

真的很想那么恋爱一下看看呢。

1

史大树找我的时候，还没有完全从上一段感情中走出来。

那个女孩就称之为 Q 吧。

他和 Q 的故事与大部分都市男女的恋爱故事差不多，小心翼翼的试探、欲言又止的暧昧、不知不觉的习惯。因为史大树所在的公司是一家正处在上升期的创业公司，对他来说，能尽力抽出时间去和喜欢的女孩看几场电影，已经很奢侈了。

Q 表示理解，她是一名设计师，也很忙，经常加班到深夜，根据客户的最新需求反反复复修改方案。

老实说，在北京除却工作、通勤、吃饭、睡觉和上厕所的时间，一天 24 小时真被瓜分得不剩什么了。

Q 遇见史大树的时候正值职业迷茫期。

虽然作为 HR，史大树很擅长帮助员工调节心理，但作为男朋友，面对女朋友的焦虑、犹疑、自我否定，他却什么话都说不出来。

他能做的就是带女朋友去吃大餐，把自己喜欢的动漫分享给她，想尽办法逗她开心。

爱的时候是真爱啊。

两个工作忙得要死的人，整日穿梭在不透风的钢铁森林里，唯有想到对方的时候，才能得到一点点喘息。

相处了大半年之后，史大树开始在内心筹划起两个人的未来。

他是河北人，Q 是山东人，生活习性和饮食习惯很合得来，两家距离北京都不算太遥远，将来无论在哪里定居都是不错的选择。

时间转眼到了年底，春节之前，Q 辞掉了工作，说要回家好好休息一段时间。

史大树心疼女朋友，觉得她是该趁此机会好好放松一下、陪陪家人。Q 离开北京的时候，两个人还说好年后出去玩。

到了过年，面对父母的催婚，史大树终于有底气说"我有女朋友了"。

但那段时间，史大树就发现 Q 有点不对劲，她对他越来越冷淡，发消息给她，有时候一整天也不回。

到了快复工的时候，Q 仍然处于半失联状态。等了好久，Q 才发来信息：我不打算回北京了。

面对突如其来的变化，史大树慌了神，立刻订了去青岛的火车票，决定当面和女朋友好好沟通。

那天走在栈桥边上，面对大海，初春卷着寒潮吹过来，两个人保持着不远不近的距离，Q 的笑容还是一如既往的甜。

两人有一搭没一搭地聊着天，史大树感觉仿佛回到了在北京的日子，那时候他们也总是这样散步。

也许是气氛太好，也许是眼前的美好太过于真切，史大树并没有问出自己的疑问。晚饭时分，Q 带他回了自己家吃饭。席间，Q 的爸爸妈妈对他嘘寒问暖很是关切，就像招待女儿的同学一样。

他们从侧面问了史大树对于未来的看法，又像劝自家孩子一样，说别留在北京了，多辛苦，不如早点回老家陪父母。

史大树笑笑，没有再说什么。

他知道了答案。

他不怪 Q，也非常理解作为父母希望女儿过得安稳的心情，但他还是很难过，难过自己在为两个人的未来努力时，另一个人早已做好撤退的准备。

这样的爱情，仿佛每天都在北京上演。

2

史大树一共谈过 4 段恋爱。

和我们身边随处常见的男同学一样，他喜欢游戏和动漫、勤恳工作、为人随和，没有什么特别伟大的理想却懂得照顾身边人的细微情绪，偶尔有点小脾气，但大多数时间与人为善。

我觉得这样的人已经很了不起了，史大树真的是个很好的男生。

这不是发"好人卡"，而是在我和他为数不多的接触当中，他的真实、坦诚，带着那么一点点幽默的狡黠，都叫人觉得他是一个值得交往的朋友。

他还和我分享了一件有趣的事情。

之前，他一个老家的哥们儿也在北京，做运营。某次聚餐，对方带了两个女生朋友一起来，说是人多热闹，其实是知道他社交圈窄，故意为他攒的局。

当天去吃饭的两个女生里，有一个是产品经理，大家在聊天之中谈起对于跳槽的看法。

巧的是，那段时间，史大树所在的公司刚好有招聘产品经理的需求，看着眼前这个逻辑清晰的姑娘，史大树心生一计，提出："不如你来我们公司试试吧？"

哥们儿惊呆了。

还可以这样？说好的介绍女朋友，怎么变成了介绍工作？

史大树摸摸头，笑得很可爱。

就这样，一心扑在工作上的史大树把自己的相亲对象带到了公司面试。后来证明作为 HR，他眼光真不错，女生顺利入职。

史大树是心思比较单纯的男生，他没想那么多，觉得能为公司做贡献也很开心。

虽然他想过去追这个女生，但慢热的他总觉得，再了解了解，对彼此更负责。

后来这个姑娘因为生病提出离职，辗转去了石家庄工作。走之前，她对他告白："你有没有女朋友，没有的话，要不要考虑考虑我？"

史大树答应了，两个人便开始了异地恋。

在此之前，他没有异地恋的经验，只能尽力挤时间在线上和对方多聊天。北京到石家庄不远，某天他打算去看对方。

搞笑的是，就交往一周，然后姑娘说他太敷衍，恋爱就结束了。

史大树不知道自己哪里做得不够好，还是异地恋本身就更考验人的情商与感知力。在逼近 30 岁当下，他真的没有办法再像 18 岁那样，喜欢一个人就把全部都献给对方了。

这段短暂的爱情，令史大树更伤感了。

伤感的不是一次离别、一次分手，而是他终于长到了谁都不愿意等谁、谁都不愿意迁就谁的时候了。

分开没多久，女生就有了新男友。

后来她又找到史大树，说自己受了伤，兜兜转转还是觉得他最好。

"可我知道啊，她来找我的原因并不是因为喜欢，而是朋友跟她说'想想身边还有哪些靠谱的、还不错的、不讨厌的男生'，然后她就想到我了。这让我有点不能接受。"史大树无奈道。

虽然人长大了，工作忙了，心思杂了，但每个人的内心都还是希望遇到自己喜欢也喜欢自己的人吧。

一份感情的结束，可以有许多不得已，但一份感情的开始，必须是"我喜欢你"。

也许在北京，因为节奏太快和社交圈固定，大多数人没有办法遇到那个刚刚好的人，但我们不应该给自己、给身边人随便洗脑说"去找一个合适的吧"，这样对每个人都不公平。

3

我和史大树对于爱情的看法其实蛮相似的——承认在北京谈恋爱是一件不容易的事，不是因为遇不到心动的人，而是这座城市太大，大到删掉联系方式就可能再也遇不到。而且工作、房租、车贷房贷，这些现实问题又不允许你完全沉溺情爱。

大家到了一定年龄，心里却都还把自己当小孩子。我们都没有成

长为情绪稳定、有稳健世界观的大人，甚至对于亲密关系始终保持隔
岸观火的状态。"异乡人"更是随时处在故乡与理想的夹缝中，不知何
时就会像 Q 一样离开北京。

如果不是两个人足够相爱、足够信任彼此、互相支撑下去，大多
恋爱最后都会变成饭桌上的一场谈资。

"即便如此，还是要相信能够遇到那个人啊。那个让你哭让你笑，
让你想到她就觉得幸福、动力十足的人。"我劝慰道。

同样作为 90 后，我比史大树感觉轻松一点点的原因在于，还没有
被催婚。

史大树的父母则一直希望儿子可以回邯郸，离他们近一点，彼此
有个照应，所以总是见缝插针就给儿子安排相亲。

昨天我问他最近怎么样，在疫情期间，他的爸妈有没有改变催婚
的想法。

史大树说幸亏疫情，让他逃掉了好多相亲，不过爸妈还是介绍了
相亲对象让他们线上聊。

有"船长"陪着他，他应该不会很寂寞吧。

之前在饭桌上我们聊到"催婚"这个话题，史大树还顺便提到原
生家庭带给他的苦恼，父母总是吵架，他多年来一直想在中间做调和，
但好难。

当然，每个家庭的情况不一样。但我认为，在我们父母这一辈的
中国家庭中，真正恩爱的伴侣并不多，而还有些人就喜欢以"嫌弃"
之名去关心对方。

但换个角度想，爸爸妈妈吵了一辈子还没有分开，这种"争吵"
是不是就是他们表达爱的一种方式？

父母也好，子女也罢，大家都希望一家人过得幸福。

同样的道理在"催婚"这道题上也一样，因为不了解对方的真实需求，所以自以为是地替对方做决定。

过于急迫的父母固然有问题，那作为孩子的我们，有没有真正平心静气地和他们进行沟通呢？

我身边有一个真实故事，一对朋友在他们结婚之前，就达成将来不要孩子的共识。为此，他们从大学毕业之后就经常和双方父母通电话，一来是日常聊天，二来是在许多不经意的对话中，植入他们对于家庭和未来的规划以及他们眼中的幸福。

为此他们努力工作，做到了经济自由；假期得闲，还会带着父母外出旅行，让他们看看外面更大的世界。

于是面对外人的"闲言碎语"，双方父母不仅不会放在心上，还会替孩子们说话，因为他们确信自己的孩子有能力生活得快乐、充实。

朋友们都很羡慕他们有这样一对开明的父母，但只有他们自己知道，这样的结果是他们日积月累的沟通带来的。

比起如何不让父母吵架，或许我们更应该努力让父母吵完架以后迅速和好；比起逃避催婚，或许我们更应该学会和父母沟通。

写到这里，突然发现有点跑题了。

但也不是很严重。

在北京谈恋爱是很难，但如果我们不能了解自己、不能保持对生活的持续思考，那无论在哪儿谈恋爱都很难。

尽管我们随着生活重心逐渐转移，都不再如青春期那样对"爱"保持旺盛蓬勃的体力与心气，甚至在看爱情电影时都缺失了那份憧憬，但要相信，当你遇到那个人的时候，一切逝去的澎湃，都会悉数归来。

正如史大树微信签名那栏写着的：少年与爱，永不老去。

采访实录：

Q：在北京谈恋爱，为什么比在其他城市更难？

A：一线城市太大了，而且大家都太忙了，留给大家的情感空间远远少于二三线城市。恋爱和生活，在北京都很奢侈。

Q：下次谈恋爱，最想带喜欢的人去做的事情是？

A：一起吃很多很多好吃的东西。

Q：有没有考虑好将来定居的城市？

A：疫情以后，我从老家来北京，走的时候我妈特意给我换了个大箱子，塞了半箱子的菜，还有大米小米。生怕我点外卖不健康，吃不好。我觉得无论将来在哪定居，当务之急，我还是先努力提高自己的生活能力吧。（笑）

如果可以，我希望你永远做小孩。

因为我们成为大人那一天，就是失去最爱的人的那一天。

亲爱的小孩

—— 对谈原生家庭幸福者

第一次听到"胡震"这个名字，我以为是个男生。

微信确认过后才发现她是个东北姑娘。春天时，我们约在十里堡一家叫南街北巷家里饭的地道的北方菜饭馆。

天气还没入暑伏，傍晚时分从朝阳北路溜达过去，有一种说不出的惬意。

见到胡震时，她的活泼、真挚，那种毫无遮掩的自然的孩童心性让我羡慕极了。不同于其他来找我分享故事的陌生人，胡震真的是一个很单纯的人，没有复杂崎岖的成长轨迹。不是说平淡无奇，而是底色明亮。

如果用一句话来形容胡震给我的感觉，就是她长了一张"没受过伤的脸"。

1

胡震出生在呼伦贝尔，性子里带着内蒙古与东北的爽快，现在在北京一家公司做财务。

我们坐下后，点了姥姥家红烧鱼、酸辣藕丁，还有炒豆角，是北方产的长着厚厚荚片的豆角。我们一边吃，一边随意聊起来。

聊到在老家的日子时，胡震放下筷子，东北口音扬着尾巴跑出来："我们那时候老'嗨'了。上学的时候就是玩，玩得很疯，但是真开心，老'嗨'了。"

我忍不住笑出声："你父母平时对你没有约束吗？"

胡震说："我上大学以前管得很严，不过我家属于那种很开明的家庭，学习的时候让我好好学习，玩的时候让我好好玩。他们不会制约我或干涉我的交友，也不会侵犯我的私人空间，他们在保证我安全的前提下，让我在我的世界是独立自主的。"

胡震的父母都是公务员，但并非那种刻板严肃的长辈，而是喜欢和胡震一起追求新事物。而且她的父母感情也很好，人到中年，恩爱依旧。

"在他们心里，彼此永远是第一位的，我是第二位的。"聊到父母的婚姻状态，胡震用了这样一句话形容。

但她不会因此感觉自己"不被爱"，相反，父母相濡以沫的生活片段令她感到温暖。

"聊起他们的恋爱故事，老甜了！我简直要变成一颗行走的柠檬精。"胡震带着玩笑语气的吐槽却显得温馨。

胡震的爸妈相识于大学时代，当年的内蒙古农业大学还没有正式更名，他们分属不同班级。胡妈妈年轻时候长得很漂亮，走在学校里，会吸引不少小伙子回头看。

那时，学校总组织大家一起看电影，最开始，胡妈妈对来到身边的某个人毫无察觉。过了一段时间，才发现自己的座位每次都和一个男生挨着——他是隔壁班班长，也就是今天的胡爸爸。

恋爱之后，男生才告诉她，原来为了靠近她，自己每次都利用班长的特权，偷偷和其他同学换座位。

谁曾想过，这一换，竟然偷走对方的一生。

从恋爱到结婚，胡震的爸爸妈妈并非一帆风顺。当年儿子第一次把女朋友带回家时，胡震的奶奶并不同意，她不满意这个儿媳妇。

当时胡妈妈心都凉了，因为她知道，自己身边这个男生最是孝顺、最是听母亲的话，但出乎意料的是，胡爸爸有生以来第一次"忤逆"了自己的母亲。

他拉着女朋友的手，坚定地说："妈，我认定了她是我这辈子的妻子，就是她，也只能是她。时间会证明她的好。不论任何人反对，我只会娶这个女人。"

若干年后，当胡震坐在我面前讲起这段故事时，我们比当事人还激动。

胡震说："晓雨，我真的很佩服我爸，从他身上我认清楚一件事——'孝顺'不等于'妈宝'。大家都说对父母要尽善尽孝，但在许多关键问题上，我们不能丢掉自我。这点我爸做得特别好。"

亲密的母子关系除了相互包容，还要彼此勇敢做自己。

从胡震父母的故事里，我看到了爱情的模样。

"我爸后来给我讲，他那么坚持是因为他认定此时最爱的女人就是我妈了。如果错过，便再也遇不到了。那种笃定和义无反顾，才是爱情该有的样子吧。"胡震继续道，"从父母的爱情故事里，我真切地体会到自由恋爱与包办婚姻的区别。如果是自己选择的伴侣，万人阻挡，你也不会投降；如果是别人安排给你的姻缘，稍有不慎，就特别容易劝自己放手。所以今天的年轻人并非反对相亲，而是厌恶一切流于表面的肤浅情感。"

这么多年过去了，胡震的爸爸妈妈早已告别了自己的少年时代，步入中年，但对彼此的爱丝毫没因岁月流逝而消减半分。

"我妈不会做饭，我爸就做了几十年的饭。每年情人节和纪念日，我爸都会送我妈礼物，偶尔也会送我。我妈每次出门都大大咧咧不记路，有时候也不带手机，完全被我爸宠成了一个路痴……我有时候会羡慕我妈遇到这样好的男人。不过我清楚，他们结婚的时候其实很困难。因为奶奶不同意，什么彩礼都没有给，房子也没买，现在的幸福完全是靠两个人自己打拼出来的。"胡震说。

结婚这么多年，胡妈妈其实也吃了不少苦。

为求得两个家庭的祝福，胡妈妈对婆婆始终尽心，婆婆头疼脑热她总是第一个陪在她身边。人心都是肉长的，现在她们的关系缓和了很多。但生活毕竟不是小说，胡妈妈也曾对女儿坦言："我会用尽全力对你奶奶好，但我不会爱她。"

尽管对儿媳不满意，胡震奶奶倒是对胡震很好，没牵连到下一代。因此，胡震从小是在一大家子人的宠爱下长大的，在来北京前，两家亲戚还特意聚到一起包了顿饺子给胡震践行。

上一辈人与上上一辈人的隔阂并未影响到胡震。

长大以后，胡震再回头分别与妈妈、奶奶聊的时候，才懂得，其实裂缝的出现，有时不是源自感情问题，而是沟通方式不对，一家人互相折磨，不过是因为希望对方以自己的方式去做事和表达。

2

上大学以后，胡震遇到一个特别喜欢的男孩子。

和所有人的初恋一样，从饱满甜美到干瘪后的枯杇与心碎，是每个少男少女都会途经的"成人礼。"

失恋后的胡震并未哭天抢地、觉得日子过不下去，只是偶尔会失落，会走到某个路口觉得胸口发闷。

那个暑假，胡震从学校回到老家，变得沉默寡言。有天吃饭的时候，胡震手机放在桌上，没有锁屏，朋友发来短信：你失恋到现在好点了吗？

这条信息刚好被爸爸看到。

当天，爸爸没说什么，只是多给她夹了几块肉。几天后的清晨，胡震醒来，发现枕头边多了一个首饰盒，里面是一对金耳钉，是传统的花朵形状，那几年正流行，许多同龄女孩都会佩戴。

耳钉旁边还放着一张纸条，上面写着：没关系，爸爸是这个世界上最爱你的男人。

那个暑假，胡震感觉自己在家里的地位变得极高。

胡妈妈从没在感情里受过伤，所以她不能想象自己的女儿正在经历些什么，只好在每天傍晚拉女儿出去散心，看到女儿心情低落时，会说："哎呀，妈也不知道咋安慰你，毕竟我初恋就直接结婚了……"

闻言，胡震一记白眼要翻到天上。这是安慰一个失恋人说的话？这不是变相秀恩爱嘛！

因这句话，胡震和我在饭馆里笑得花枝乱颤。

3

这对爸爸妈妈真的太可爱了，所以养出来的女儿也如此可爱。在胡震身上我感受到的是明亮、爽朗以及对于感情发自内心的信念感。

因为见过好的感情、好的相处模式是什么样的，所以更加容易分辨什么叫真心，什么叫责任，什么样的人更适合自己。

像我这样在原生家庭里没有获得足够多爱与关注的孩子，长大后会敏感、自卑、矛盾性极强，一面渴望有人经过窗前驻足，一面又不由自主地从里面反锁。无法给别人爱，是因为没得到过足够的爱。

"原生家庭"这个话题太大了，我只能在此和大家分享一些自己的看法：

有些原生家庭问题是时代遗留问题，比如留守儿童；有些原生家庭问题是夫妻情感问题，比如单亲；有些原生家庭问题比较复杂，或许是因为有个喜欢家暴的父亲或者因为有个不擅长沟通的母亲。

我们每个人一生中需要面对的课题太多了，幸运的人，抽到的卷子比较简单；不幸的人，做完常规题后还有两道高难度加试题。

从心理学角度看，当我们18岁，也就是基本完成个人角色确认并开始进入建立亲密关系的阶段后——我们与父母的关系也就开启了一个逐渐解绑的过程。在面对一些无伤大雅的问题时，每个成年人都应该训练出适合自我疗愈的能力，而不能再一味把生活的诸多不如意甩给原生家庭。

当然，一切能够风轻云淡释怀的前提是，18岁以前你所经历的不是一些严重的肢体暴力、情感忽视或一些毁灭式伤害。

很多破裂家庭里的家长会说，孩子大了会理解的。

我相信，在我们充分体会过人性的矛盾与灰色地带之后，会更容易理解别人口中的身不由己。那是因为你慈悲，你愿意选择用善良的方式去拥抱那些曾经伤害过自己的人，但你不能完全抹去过去那个受伤的小孩存在过的痕迹。

通常原生家庭带来的创伤并不会影响我们的正常生活，只是在进一步与人建立亲密关系这件事上，会变得格外不知所措。

可以说，原生家庭糟糕的孩子，作为一个独立个体、一个人而言，始终不够完整。没有被认真地爱过，年少时积郁在心中的缺失与遗憾，可能要等到长大之后，通过种种方式将自己彻底撕开、剖析，释放出压抑之后，再把记忆里那个湿漉漉的小孩带回来，为他照亮回家的路。

人生经验的多寡也会影响我们和解的力度。

有人见过了外面的世界，会比较容易借着丰富的生活经验，以更开阔的视野，宽宥原生家庭里那些不足与缺陷。当我们看待父母的角度从仰视逐渐转成平视，就像平视另一个脆弱的成人，或许你会想，换成自己也不一定能做更好呢？

辩论大神黄执中曾经说过，美好的事物不是没有裂痕，而是满是裂痕，却没有崩开。

至于如何才能从原生家庭的创伤中走出来，这是一场持久战，想要真正完全走出来可能需要几年、几十年，甚至是一辈子。这不是夸张，许多人到死都未能与之和解，像我自己也仍在这条路上不断挣扎。

希望胡震的故事可以给你带来一点温暖。

采访实录：

Q：爸妈这么疼爱你，当你选择离开家乡北漂时，他们舍得吗？

A：只要是我选择的人生，他们更多是默默支持，就像柜子里的感冒药，平时无声无息，但关键时候会"打捞"受伤的我。

Q：有朋友说过羡慕你吗？

A：我也是长大以后才发现，原来自己的家庭氛围这么好。可能现在社会发展太快，许多人性化的东西慢慢消失。我们家族是那种比较传统的大家庭，很热闹，家人们彼此依赖。我很喜欢这种温暖的感觉。

Q：关于原生家庭这个话题，网上争议比较大，你怎么看？

A：原生家庭无疑是构成我们性格底色的原因之一，但我认为，成年人不该把任何生活困境都归因于原生家庭。说到底，每个人的人生都是自己的。

真正的爱于纤细中方显茁壮之形。

冰山下的亲密关系

——对谈心理咨询师

不久前，我和一个心理咨询师吃了饭。

那天我逛完三源里菜市场溜达到福吉烧鸟居酒屋时，太阳还很大，等到抵达居酒屋，结束工作的 Jason Zhu 也刚好抵达。

这个点来日料店，多多少少还是冷清了些，但因为我们的职业属性——日常生活轨迹都与正常人的略有区别，所以很习惯这种抽离感。

其实在 Jason Zhu 第一次给我发信息报名"和 100 个陌生人吃饭"的时候，我就决定要和他吃饭。我总觉得，心理咨询师要比记者、律师这些行业更逼近人性的真相。

人在面对法律和道德的时候仍然会以不同的社会角色出现，只有在面对自己的时候，才算诚实。

Jason Zhu 做心理咨询师十几年了，他不说，我是看不出来的，白衬衫和纯良的笑容永远是最好的保养品。

"做我们这行，心态很重要，除了要处理高压工作和日常生活琐事，还要去消化大量的故事、秘密和不同世界观带来的撞击。"Jason Zhu 自我调侃道。

当天见我之前，工作一整天他消耗了大半体力，来的路上还先去吃了个便餐。他边点餐边道："我喜欢吃肉，一天不吃肉就感觉整个人要垮掉了。"

我非常理解他，食物是最实在的心灵抚慰。

我们点了鸡肉洋葱、香菇、茄子、明太子土豆、鸡软骨、鸡心、五花肉、牛肉、毛豆、大福，素的归我，荤的归他。

等菜上齐，我按捺不住开始发问："你最近接的案例里有没有可以分享的？"

1

我当然知道心理咨询师有自己的职业准则，不能随便透露顾客信息。所以我问的是有没有什么可以分享的，"可以"，意味着无目的、非商用，远离低俗猎奇心理，不会外泄私人的具象化的信息。

Jason Zhu 下面讲的这个故事关于"家暴"。

女性 A 某结婚两年，平素看着幸福美满的家庭实则暗藏危机，因为她正在经历家暴。

如果按照社交媒体上网友的思路，肯定是上来先不管三七二十一把丈夫批判个狗血淋头，然后再搬出《不要和陌生人说话》的表情包，死死捍卫女性权益，然后劝 A 某提离婚。

但心理咨询师的工作不是审判对错，而是追溯一件事的源头。

他们要关心的是：丈夫是在什么情况下动的手？丈夫的暴力行为是冲动型还是预谋型？夫妻关系在家暴发生前，有没有出现裂痕？……

心理咨询师问这些并不是在为动手的人做辩解，也不是为暴力开脱，只是需要弄清楚事情的来龙去脉、找到问题的症结，才能帮助来访者更好地解决问题。

Jason Zhu 经过一番调研后发现，A 某的丈夫在之前是没有暴力倾向的。

用 Jason Zhu 的话说，是 A 某在无意识地引导自己的丈夫施暴。

我听到这个答案很诧异，Jason Zhu 继续说："A 某原生家庭不和谐，内心极度缺乏安全感，是生活中典型的'我不配拥有幸福''我有预感这件事一定会搞砸的''我不相信这么好的事情、这么好的爱人会留在我身边'的女性。总体来说，这类人就是自带悲惨光环。内心深处觉得自己不配得到爱，一脚踏进幸福，一脚踢坏快乐的门。因为长久没有得到过充裕的丰盈的爱，所以身处爱里才会觉得别扭。"

这个感觉对我来说并不陌生。

或许 Jason Zhu 讲的故事过分极端，但以我自身举例，我每次谈恋爱，一旦进入看起来稳定和谐的状态，我就感觉不自在，不管对方对我多好，都没有办法根治我的不安感。

许多女生的"作"，也是来源于此。

如 Jason 所说，当你觉得一段关系会崩坏，就一定会崩坏；当你说出"我感觉你不喜欢我了"，其实真正感受到不被喜欢的，是对方。

因为在这个过程里，你下意识表现出来的犹豫、纠结、试探和不信任，都会成为你不喜欢对方的表现，久而久之，对方可能就真的不喜欢你了。

不安和愤怒可以存在，但还是《圣经》里那句话——在愤怒变成罪之前，你要意识到它的存在。

2

大部分人幸福的来源是陪伴、关心，彼此成长和依赖。只有极少数个体喜欢那些让他们为之痛苦的人或事。

Jason Zhu 说，这个故事里的 A 某并没有意识到，她所做的一切都在指引对方往"不健康的爱的方式"上走。

尤其是在某些关键性选择上，她会故意搞砸，比如收到丈夫精心准备的生日礼物时装作不在意，还不留情面地撕坏；面对爱人的善意问候会突然发火；整个人传达的信号是拒绝沟通，脸上仿佛写着"有本事我们干一架啊"。

这就是心理学上所说的"人格暗杀"，指的是一对关系亲密的人在吵架过程中专门找出一些刺痛对方的恶毒话，或专门揭对方伤疤，用语言暴力的方式激怒对方。

这种现象在我们身边随处可见。

回想一下，我们身边的长辈或一些结婚多年的夫妻，是不是经常在吵架的时候用这种方式去激怒对方？

Jason Zhu 追问 A 某后发现，她在以往谈的所有恋爱里都过得不是那么如意。她自己都不知道自己快乐的来源到底是因为被爱还是被伤害。

所以现实中很多人开玩笑所说的"渣男体质"，不是完全没有道理，这样说不是为那些施暴者或坏人找借口，而是给更多不会处理亲密关系的人打预防针。

只有让自己成长为一个独立、完整的人，才能好好爱别人，男女皆如是。

对此，Jason Zhu 给出了一些实用建议：在亲密关系里，我们要多进行一些坦率的交流，简单明确地说出自己的情感与心事，而且不对对方加以指责、挖苦或者嘲笑。不要畏惧分享负面情感或一些自己觉得索然寡味的事情，不要担心暴露你的脆弱。

真正的爱于纤细中方显茁壮之形。

3

那天，我和 Jason Zhu 聊到爱情时，都提到一个问题，就是生活中，常常可以见到一些优秀的人，他们平时很讨人喜欢，但就是让人无法产生男女之间的那种喜欢——他们看起来太完美，以至于有点索然无味。

这种不被爱的人和上面所说的故事中的 A 某不太一样。

我身边就有个女孩，她长得很漂亮，学历、家庭、职业、性格都很不错，就是从小到大没谈过长久的恋爱。因为她从小受到的教育是"女孩子要以学业为重，活得独立端庄"，于是，这个女孩长大后真的就非常懂事，一点都不"作"。但每个和她在一起的男生都会很快提出分手，而分手理由惊人的一致："你真的很好，就是让人爱不起来。"

女孩来找我吐槽，觉得自己什么都没做，怎么就被分手了呢。

Jason Zhu 帮我分析，其实问题恰恰在于她什么都没做。

一来，她还没遇到真正对的人；二来，"爱不起来"的意思就是说你"没那么性感"，这个性感不是说外在，而是那种原始的生命力，那种收放自如地去享受爱情的能力。

这个女孩活得太规整、太自律，经常替他人考虑，不给任何人添麻烦。这些特质在工作和社交上都是加分项，但在爱情里，如果你不能沉浸其中就无法展现出真实动人的灵魂。

Jason Zhu 帮我归纳了通常大家喜欢的人，大体分为以下几类：

信仰和志趣相投的人；

身怀某种技巧、能力或才干的人；

具备令人愉快或崇敬的品质（善良、忠诚、诚实等）的人；

喜欢自己的人。

毫无疑问，大多数情况下，我们的确更喜欢那些身上具有令人愉快特征以及散发出自信和美好信号的人；我们更喜欢那些赞成自己观点的人，而不是反对自己观点的人；我们更喜欢表扬自己的人，而不是批评自己的人；我们更喜欢那些和自己站在同一战线的人，而不是对立面的人。心理学家将以上概括为"我们更喜欢那些只需要付出最小的代价便可以给我们最大奖赏的人"。

这个女孩在爱情里就是这样，她总觉得只要自己无条件地站在爱人身边，理解他、支持他，就是爱一个人最好的方式，却忘记前提是她自己必须同样发自内心地认可与相信对方。

如果你明明不喜欢吃辣味，却为了喜欢的人一味迁就；明明讨厌一件事情，却说没关系愿意一起做；明明受不了冷战，但总给自己洗脑"我不主动发消息才值得骄傲"……这些不会让自己舒服，更不会让别人舒服。

4

作为心理咨询师，Jason Zhu 总是一针见血："其实不管别人爱不爱你，如果你自己都不爱自己，是没有办法心安理得地沉浸在幸福里的。"

这两天我又去重新看了心理学的入门书籍《社会性动物》，里面提到"如果你希望别人喜欢你，就要让对方感到愉快，做出喜欢他们的样子"。——这个方法在短期内确实很奏效，但我并不赞同。因为我觉得更重要的是，你要让自己感到愉悦。这才是我们渴望爱的意义。

当然，谁都喜欢被肯定、被赞扬，但没有人喜欢被操纵。

假设送礼物是为了回报，人们便不会欣然接受这份礼物；假设谈恋爱只是为了婚姻，人们便立马失去对爱情的渴望；假设你对一个人特别特别好，当对方望向你的时候，你满脸写的却是"我也希望你对我这样"——这种带有附加条件的爱，只会令人觉得毛骨悚然。

聊到这，Jason Zhu 又点了些烤串和凉菜，我们就这个问题也聊到各自的情感状况，当我提出自己的困惑时，他跟我说："不要在别人身上找问题，只看你自己。一份感情出了问题，不要想是因为对方怎么样，你唯一要做的一件事是分析自己哪里有问题。只有心智不成熟的人，才会永远把责任推到别人身上，觉得是对方不够爱自己。"

其实承认一场失败的感情就像下课，合上书本，收拾心思，拿出下一堂的课本就好。

爱情没那么复杂，不被爱并不可耻。

勇敢而天真的人，永远虽败犹荣。

就像朱莉娅·罗伯茨那部无数人的睡前电影《美食、祈祷和恋爱》里那句名言：有时为了爱而失去平衡也是人生平衡中重要的一部分。（Sometimes, to lost balance for love is part of living balanced life.）

那天和 Jason Zhu 吃饭，稍微有点遗憾的是，开始还在聊他的故事，聊着聊着，仿佛就变成了一场免费的心理咨询。

从白昼聊到夜色暗下来，两个人都在各自的经历里抽丝剥茧重新审视起自己。

Jason Zhu 已婚，有个可爱的儿子，说起自己的家庭生活满脸喜悦之色。

我有点羡慕。

他却说："你不知道走到这一天我自己内心翻越了多少座山。医者难自医。"

我从他的话里窥探到一丝丝凉意，但很快被吹散在夏天的风里。

我没有再多问，故事与故事之间总有契机，但我知道了，不论和什么样的人在一起过什么样的生活，如果你不努力尝试修复自我，即将到来的一切都是恶性循环。

采访实录：

Q：聊了这么多，突然发现你关于自己的生活反而提得很少，为什么呢？

A：我不是故意的，这可能是我的职业习惯吧。如果你需要，我也可以讲述更多自己的故事（只能下次了）。

Q：没关系，其实每个人聊任何话题，本质上都是在表达自己。

A：没错，我赞同你说的这点。人类的喜怒哀乐都是相通的，爱、社交、亲密关系、自我价值……这些都是我们每个人需要面对的课题，我们生活中所有的动作与决定都是在与自我建立联系。我在做心理咨询师治愈别人的过程中，也在治愈自己。你在采访提问陌生人的过程中，也在追寻自己的答案，不是吗？

Q：当下很多年轻人都觉得自己不擅长处理亲密关系，甚至下意识地逃避亲密关系，你怎么看？

A：一个人越是逃避什么，其实越是期待什么。来我这里咨询的很多 90 后、95 后，嘴上说再也不想谈恋爱了，心里却还是非常渴望一段美好相遇。我给大家的建议是，不用过分纠结于亲密关系，而是放轻松去享受生活，先找到自己，再谈所有的人际关系。

相爱不是一种程序，而是一种 bug。

为什么越来越多
年轻人不想结婚了

—— 对谈 90 后保险销售

我是在一家墨西哥餐吧见到林欣欣的。

当天晚上北京的风出奇的大。我套了一件彩虹条纹的毛衣，背了个帆布包，赶在下班时间前往三里屯。北京就是这样，常年堵车，遇到特殊天气更是寸步难行。

林欣欣和我想象中的样子差不多，长发、红唇，发尾一点点卷曲，灰色毛呢大衣里面套了件小香风针织衫。她一坐下来就说："北京的秋天还是这么冷啊。"

在此之前，我不知道她曾经在北京待过 7 年，之后跟随父母回了福建老家，后来又辗转到了香港。她这次来北京，是出差。

林欣欣的职业是香港保险公司销售员，目标客户是大陆一些中产阶级家庭和新型企业的企业主。

可能由于她职业的缘故，气氛很快热络起来。

"我其实不是一个销售，而是一个演员。每天要见很多客户，面对不同人要扮演不同角色。比如面对阿嬷，我是一个乖巧的孙女；面对久经商场的大叔，我成了求知欲旺盛的年轻人；面对年龄比我小的朋友，我就是知心大姐姐。"林欣欣说着说着笑起来，推过菜单，示意我点碗热汤。

之后，我们又各自加了一杯鸡尾酒。

我蛮欣赏林欣欣的真实，聊什么话题都不避讳。当谈到爱情，她坦言："我没受过什么情伤，就是不想结婚。"

1991 年出生的她说出这句话，我并不奇怪，现在越来越多的女孩都不想结婚了。

通常不想结婚的女孩容易走向两个极端：要么是"恐婚派"，对结婚这件事战战兢兢，干脆把情感通道封闭起来；要么是"放飞自我派"，自己诊断自己爱无能，嘻嘻哈哈说自己一个人也能过得很好。

但我觉得林欣欣属于第三种——我不是不婚主义，只是目前不想结婚。因为没有遇到那个对的人，就没有对婚姻的向往。

至于将来能不能遇到那个对的人，遇到之后自己的心态变化，以及再过 3 年、5 年、10 年自己的抉择是否会和今天不一样？没有人知道。

1

林欣欣的妈妈是福建人，在她们老家，结婚年龄普遍偏低。

林欣欣说："我 18 岁那年刚到香港上大学，寒假回老家就被妈妈拉去一个阿姨家。满屋子都是陌生人，不知道哪里来的那么多亲戚，乌泱乌泱地占了整个客厅。我往里面探了探脑袋，发现一个满脸通红不知所措的年轻男子正在看我，他眼睛里充满了无奈。"

那是林欣欣第一次相亲，她被这样的阵仗搞蒙了。

虽然林欣欣很反感相亲，但她并不因此厌恶母亲。她的母亲就是在 18 岁那年生下了她。虽然现在整个社会都趋向于晚婚晚育，但当地很多年轻人还是选择一毕业就回家结婚。

按照林欣欣母亲的想法，提前几年多看看是情理之中。

"你知道吗，我亲弟弟都结婚了，他是 1995 年生人，和你一样大。他的婚姻蛮幸福的，和女朋友从初中开始谈恋爱，长跑 10 年，那个女孩子性格很好，我弟弟为了她从香港跑回福州去。两个人一毕业就迫不及待结婚了。"林欣欣告诉我，"有时候我觉得自己还小，可想想都要 30 岁了。"

林欣欣酒量很好，在见我之前，她和客户已经喝了差不多半斤白酒，喝我们点的鸡尾酒，对她来说如水下肚。反倒是我，本身就不胜酒力，迷迷糊糊听她讲这些时，感觉回到了和朋友的吐槽日常里。

"是啊，时间过得好快，感觉除了体重，自己都没什么长进呢。"我附和道。

"作为一个 30 岁的姐姐，我必须说，对年轻女孩来说最重要的只有两件事：护肤和理财。"她笑了笑。

林欣欣毕业后在香港一家银行做财务，做了没两年，赚不到钱，觉得很丧气。香港又是一个刺激消费的城市，正在她发愁不知道要不要转行的时候，她迎来了自己的第 n 次相亲。

对方不是她喜欢的类型，但两人聊得还不错。

那人从事保险业，在他的劝说下，林欣欣将自己毕业后攒的 3 万块交给了他作储蓄保险，定期存 5 年，可以每年收取比银行高一点的利息。

也是从那个时候起，林欣欣开始关注起保险这个行业。

她本身就是一个喜欢规划的人，保险行业从某种程度上来说是为未来投资，加上机遇多、挑战大，她索性心一横，跳槽去卖保险了。

2

看着女儿辞掉银行工作又迟迟不恋爱结婚，林妈妈急了，骂女儿，说她不结婚就是个变态。

林欣欣不在意。

她知道母亲的性子，懒得争辩，权当玩笑话就过去了，从此一心扑在工作上。

刚转行卖保险的时候不太顺，本来国人就对"保险业务员"这个职业心存争议，再加上作为一个新人，哪有那么多客户资源啊。

林欣欣就想办法参加各种高端社交活动，想尽办法拓展自己的人脉。

"这个过程中发生了超级多好玩的事情。"林欣欣说。

她的客户大部分是大陆的，有一次，有个女孩说要来香港玩，顺便找她签单，拜托她当向导。

林欣欣就提前帮女孩订酒店，制订好游玩计划，包括对方想去打卡的一些景点和网红餐厅，她都做了详细安排。

"其实做这些并不是单纯为了让对方签单，只是我这人就这样，觉得能帮别人做点什么就做吧，希望她在香港玩得开心。"林欣欣笑道。

后来的几天，林欣欣带着女孩每天吃吃喝喝，全程都是她花钱。

行程的最后，对方提出要她带自己去医院打 HPV 九价疫苗（预防宫颈癌的疫苗）。到这，林欣欣隐约预感到，对方只是利用她来当免费向导。

果不其然，女孩最后没有签单，回大陆后，她还把林欣欣拉黑了，那些吃喝的钱也没有还。

我问："不会觉得很亏吗？"

林欣欣说："就当交学费好啦，做任何事情都有一个交学费的过程嘛。"

在林欣欣看来，女生的经济独立是最重要的。

香港的教育风格是实践派，十几岁去到香港的林欣欣深谙其道，从上大学开始就做各种兼职赚零花钱。从事保险行业后，更先给自己买了好几份储蓄保险和增值保险。

"你别觉得几千块钱少哦，每个月往里面打一些，每年就是好几万，我这些年陆陆续续攒了40多万。智慧、学识、赚钱能力，这些都是现代女性必须要提升的。感情不一定能带给我安全感，但是存钱可以。"林欣欣说。

不知道为什么，我在和她聊天的过程当中，总是想到亦舒的一本小说，故事中有个女人在少女时代遇到过两位仙女，一个名叫爱，一个名叫慧，分别掌管世间女人的美貌情感与头脑智慧。女孩选择了与"慧"密切交往，长大以后的她理性、通透，虽一生没经历过浪漫爱情，但人生完全由自己掌控。

这个小说借鉴了《红楼梦》里林黛玉和紫娟的一段前世尘缘，写得还蛮好玩的。

我想，如果林欣欣穿越到里面，她也会选择"慧"吧。

当然真爱与钱从来不相冲突，只是从社会运转的客观现实来说，女孩子手里多攒一点钱，就多一点底气，在爱情中多了几分理性。

3

那天晚上和林欣欣聊完快 12 点了，我们一起打车往东边去，坐在后排的我们突然安静了下来。

她在想什么，我不知道。但我在思考，自己想结婚吗，会不会一直遇不到那个所谓对的人。

我很少静下心来去想这些东西，虽然我经常写一些情感文章，也喜欢和朋友聊情感话题，但其实我是纸上谈兵派，算不得数。放到实际生活中，往往被自己的感性挫得一塌糊涂。

爱情，是婚姻的前提，这是大部分年轻人的共识。那婚姻到底是不是爱情的坟墓呢？我的母亲无法告诉我。

有时候我会想，到底是遇见那个深爱的人比较好，还是从未遇见比较好。

遇不到，人生略显乏味；遇到了，又早晚要承受失去的痛苦。

快到家的时候，林欣欣突然聊起自己的童年来。她父母很早就离婚了，分开以后，她妈妈多次再婚。

我不觉得这是她"恐婚"的全部原因，但也不能说毫无关系。

她有她的乐观与成熟，也有她的脆弱与困惑。

我是后来才想起来，在聊天过程里，虽然她聊了很多关于爱情的话题，但真正触碰到她内心的地方却被一笔带过。

"我大学 4 年做了一个男生 4 年的备胎，他每次失恋都来找我诉苦，我其实什么都知道。后来他结婚了，我们没有再联系了。"

林欣欣只有在说起这个男生的时候，会显得不那么游刃有余。

那是她原本的样子吧。

看着她"眼睛里有光"的那个瞬间，我突然觉得，其实结不结婚真的没有那么重要，单身可以，但希望我们永远不要丧失爱的能力。

采访实录：

Q：你平时会看"大女主"戏吗？

A：不会刻意去看。我觉得真正的"大女主"不是电视剧里那些打着独立女性旗号实则"开挂"的"玛丽苏"女性。反而现实中，气场没那么强，专注于自己的事业和生活的女性，我认为才是大女主。

Q：过去很多年，大家会把独立、敢爱敢恨的这些特质总结为"港女精神"，你觉得自己算典型代表吗？

A：我心目中的"港女"是杨千嬅那样的，她不是强大到无懈可击，但她足够真实，她会坠入爱河也会受伤，但永远不会怨天尤人。无论是对感情还是其他事物，她都有足够的承担力。我想成为这样洒脱的人。

Q：你是怎么理解恋爱这件小事的？

A：恋爱或许就像一场旅行吧，出发时，我们一点点往"爱"的箱子里放行李，结束时再把它腾出来，这个过程的主动权完全在于你自己。那些失散的路人只要共同看过一段风景，也就不枉同行了吧。

第四章

白日梦想家

无法重来的一生，尽量忠于自己。

无意义旅行家

——对谈自驾游中国的 90 后女孩

1

2021 年 4 月，阿令开车从故乡江西赣州出发，踏上了一个人的旅程。

此后小半年，她一人一车一部手机，一路向西，扎进云南，而后开了 28000 千米，踏遍了大半个中国。

阿令很瘦，视频中的她经常是一件 T 恤一条牛仔裤，或坐在车里，或背靠车头，就着身后的风景和网友们聊天。她简单、真实，带着一种蓬勃的生命力，就像饱满的橙子。

她的视频很少用夸张的滤镜，人也是，飒飒的，直来直往。

当她驾驶在新疆帕米尔高原之上，开过那条号称"网红之路"的拥有 600 多个弯道的盘龙古道，在镜头里指着那块被无数人打卡过的路牌——上面写着"今日走过了人生所有的弯路，从此人生尽是坦途"。

阿令却不以为然，笑笑说："治愈你的从来不是风景，也不是旅行，而是你自己。虽然这块牌子的文案写得很棒，但现实就是即使你跨过所有弯路，依然不能保证你的人生顺利前行，我们需要的是直面曲折的勇气。所以，别再问我旅行到底有什么意义啦。"

关于旅行的意义，她也想过，想不出来，后来就干脆不想了。

阿令说："人生其实没有那么复杂啦。我以前也遇到过求而不得的事情，后来我发现，欲望减半，烦恼也会随之消散。还是要去享受过程，不能本末倒置。"

阿令曾是一个北漂的野生纪录片导演。

活得潦草而茫然的年轻人突然想寻找一个出口，于是在去年夏天，阿令正式结束了自己3年的北漂生活，回到老家。

阿令说："说实话，在北京时我想兼顾理想和生活，但我不信我短时间内可以在北京安家。现阶段，我想在自己能力范围内尽量做一些赚钱的事，可以实现世俗意义上的成功，让家人安心，也让自己更轻松一些。综合各种因素，我决定返乡创业，也许不一定能成，但至少我尝试过了，我只想按照自己的想法去过这一生，尽量让自己快乐。"

阿令的家乡不在市里，刚回去的时候，因为住的地方到县城有一段距离，考虑到方便出行，她便去考了驾照、买了车。之后，阿令就开始了创业之旅，卖江西当地的特色农产品——赣南脐橙。

脐橙只有在每年冬季采摘售卖。因为早前有做视频的经验，阿令采取的方式是通过直播带货，将家乡的橙子卖给全国各地的人。

去年冬天，她每天穿梭在果园、仓库和家，三点一线，在镜头面前卖橙子卖得风生水起。

一直到春季，阿令看着空了的仓库，终于缓下来，开始思考自己的下一步。

"由于过去几年忙于工作，一直也没机会出去实现自己的旅居梦，刚好忙完有时间，我就出发了。"处女座的阿令执行力超强，她说，"一个人的旅行并没有想象中那么难。对我来说一个人能做的事情可太多了，卖橙子时，设计广告、网站接单、发货、客服、售后都是自己；出门旅行时，开车、拍视频、剪辑，也都是一个人。"

在阿令看来，任何行业都有光鲜亮丽的一面，也有狼狈不堪的一面。只是大部分人，更擅长分享美好的部分。

2

旅行第一站，阿令直奔云南西双版纳，之后途径大理、丽江、香格里拉，一路进藏，去了西藏的阿里地区。

西藏，阿令不是第一次去，但阿里是第一次。

去之前，阿令在网上听过这样的说法：无阿里，不西藏。

人们都说那是一片很荒芜但很神圣的地方。

阿令不知"神圣"二字如何定义，夹杂着好奇、憧憬和对于未知的跃跃欲试，在抵达拉萨休整几天后，就出发了。

出发前，阿令计划绕开中北线（轿车通行不了），走大环线，也就是从拉萨出发，最后回到拉萨，全程4500千米左右。

这一路会经过西藏三大圣湖——羊卓雍错、玛旁雍错和纳木错，也会经过世界最高峰——珠穆朗玛峰，以及世界的中心——冈仁波齐。这一路很荒凉，有些地方方圆百里荒无人烟，时不时还有藏羚羊、狼或其他野生动物成群结队出现。在人类难以企及日常生活的地方，逍遥如自属天堂。

抵达阿里之后，阿令决定先去冈仁波齐转山。转山就是围着冈仁波齐的外围徒步转一圈，全程 52 千米，平均海拔 4500 米，翻越的最高垭口海拔是 5650 米。

多年以前，阿令看过一部纪录电影《冈仁波齐》，讲述了几名藏族信徒一路去冈仁波齐朝圣的故事。一行人里有小孩儿，有孕妇，有成年人也有老年人，中途有孩子出世，有人生病，有人死亡，但信徒们没有放弃。这是一部关乎信仰和生命的电影。

阿令之前没有长距离徒步的经验，出发前，她默默订了个计划，想在一天之内转完。

那天天还没亮，阿令就出发了。前半程比较顺利，她一口气走了10 个小时，直到登上最高垭口——卓玛拉山口。但就是爬这个垭口几乎耗费了阿令所有的元气。

"山路狭窄又有积雪，十分难行。虽然我没有出现缺氧的情况，但双脚非常疲累，爬垭口的时候，几乎是走 50 米就要歇 5 分钟。"阿令在回忆这段的时候说，"当时非常累，无法形容的那种累，真的非常想放弃。但在那种情况下，放弃就等于等死。日落后，气温骤降，留在山上可能还会遇到狼。想返程也很难。徒步是不能开车的，下山路程同样遥远，不想死的话只能继续前行。靠着求生本能及同行者的陪伴和鼓励，我终于在天黑前翻越垭口，抵达山下。在山下的补给点落脚后，吃了碗泡面，就睡下了。"

很不幸，这时，阿令开始出现高反了，头痛欲裂，加上腿部酸痛，熬到天亮才睡着。

第二天醒来继续赶路，还有 22 千米，不算太远，她安慰自己撑撑就到了。她一瘸一拐往山下走的身影被一位藏族大哥注意到了，后来他唤来一些转山者一块帮助阿令。

"藏族大哥给了我半壶热水和止痛药，后来又遇到一个藏族姐姐，给了牛肉干和苹果补给。这些食物在平时很常见，但在那样的时刻，整个镇上也见不到一个水果。我收到这些陌生人递过来的东西，突然间就明白了，或许，神明就在我们身边，是我们的家人、爱人、友人，是生命中遇见的每一个人。

"在冈仁波齐，我看到朝拜者，有十几岁的少年，有挺着啤酒肚的中年男子，有笑容平和的妇女，有白发苍苍的长者，他们之中不乏来自千里之外的。很多人徒步几个月才来到这里，三步一叩，虔诚得让人落泪。他们的脸上、手上以及衣服都是脏脏的，但他们的内心却干净无比。这些人脸上的虔诚在城市中很少见到，但在这里，他们的笃定与坚持令人感慨万千。在朝圣路上，不论峭壁、雪地、污水、碎石、杂草，什么环境也改变不了他们的线路。信仰，或许就是一种信念感吧。只要你的意愿足够强烈，只要你的态度足够虔诚，只要穿梭于人世时能够在一层层的名利袈裟之外给予外界朴素的爱，就够了。"

在最后一个垭口，阿令朝神山献了哈达，也扬了风马，心中默默祈福，希望深山可以庇佑世界和平、国泰民安，还有家人们健康。

"我是无神论者，但面对浩瀚的冈仁波齐，我愿意相信它的力量，也愿意相信自己的力量。就像这一次，我超越了体能极限，忍着膝盖疼痛和高原风雪，我踏平了山路，更磨平了自己，哪怕只有一点点。"阿令说，"走完全程不值得炫耀，宏大的是世界本身，我们能做的就是尽情、纯粹地享受'在路上'的感觉。"

这不是极限挑战，也不是一场徒步旅行，对她来说，这是一场生命力的提升。

3

离开冈仁波齐后，阿令又去了古格王朝、羌塘腹地，最后来到那曲。

在那曲的一所小学，阿令偶遇了一个小姑娘。

"抱歉，她具体叫什么名字我忘了，因为是藏族嘛，名字都是音译过来的，不太好记，我只记得她 7 岁。"阿令解释道，"那天是六一儿童节，早上醒来就听到附近的小学传来载歌载舞的声音，我玩心大发，就想偷偷溜进去看演出。刚进去找到一个台阶坐下，就有位藏族小姑娘笑盈盈地冲我跑来。"

"小姑娘拉住我的手，问是该叫我阿姨还是姐姐。在藏区，未婚女性都可以被叫作姐姐，所以我让她叫我'阿佳'，阿佳在藏语里是姐姐的意思。然后她问我从哪里来。她应该是看我戴着帽子、墨镜，实在不像本地人。"

那天她们聊得很开心，最后小女孩拉着阿令的手说："阿佳，你等等我，我马上要上台表演了，你一定要看我表演，我待会下来找你。"

阿令应允，在观众席悄悄坐下。

原本以为小女孩只是想多一个人看她表演，没想到表演结束后，女孩在广场众多人中又找到阿令，一脸天真地继续追问："阿佳，你去过拉萨吗？你能带我去吗？我小姨在拉萨。或者，你能带我去那曲吗？我哥哥在那里。"

阿令不解地问她："为什么不让爸爸妈妈带你去？"

小姑娘的眼睛瞬间暗淡下去："我住校，每周五下午回家，我妈妈在家总是打我骂我，她让我别再回那个家了。"

阿令除了心疼，心头还涌上一股佩服："她一定很无助，不然哪来的勇气跟一个陌生人说这些话。她只有 7 岁，却想要离开学校离开家。当然我不可能也不可以那样做，只好握着她的手给她安慰。后来，我背起她，轻快地晃荡，假装在玩秋千，陪她玩闹。"

"那天那曲的阳光很好、天很蓝，我陪她玩了好久，和她说了好多好多话，两个人就像是认识很久的朋友。也许她在期待些什么，但我只能抱抱她。"

说到这里，阿令沉默了。

离开西藏以后，阿令开着车继续漫游。

早前在北京做纪录片导演，经常需要出差，曾经为了拍片，她在宁夏停留了两个月。

"可以说，我对宁夏的熟悉程度，已经超过了我对家乡的了解。但工作和旅行还是不一样，以前眼里只有工作，也只能工作，根本没心思去在意身边的风景，哪怕你就身在景区，你也没有机会去体验、去感受。但旅行就不一样了，非常自由，我可以随便散步，可以一个人静静看日落，再也没有人喊'导演！您看这条过不过'。"

这次重游"故里"，突然让阿令意识到，旅行的本质其实是一种"选择"。

你选择睁开眼睛，好好感受这个世界，选择张开怀抱，拥抱风的味道；选择在川流不息的人海中停下脚步，静静感受自我的存在、心赏万物。只有你意识到当下的珍贵，才能打破那些困扰你的问题和壁垒。

这趟自驾游，阿令看到了陌生的风景，也在路上偶遇了老友，还在敦煌去看了王潮歌导演的情景体验剧《又见敦煌》，这是她入行以后最钦佩的一位女导演之一。

"她喜欢讲普通人，讲他们的细腻、他们的无奈、他们的迫不得已。他们的抉择和那个时代交织的命运。"阿令说，"历史终会逝去，但舞台可以使它成为艺术，被再次唤醒。"

在我问道她内心是否还有想成为导演的想法时，阿令点点头：

"其实不算丢弃本行吧，以前记录别人，现在记录自己。无论是旅行博主，还是纪录片导演，在我看来都是在表达自己，都是在创作。非要说区别，做纪录片导演更多的是往内吸收能量，做旅行博主是往外掏自己，面对不同水平的人群，需要更多的宽容和耐心，但现在更自由。"

初秋来临，由于疫情的不稳定性，阿令搁置计划，决定回家。

一来是各地政策不同，二来是很快又要迎来脐橙丰收的季节了，看遍星辰大海，现在要回家接着修缮门口现实的篱笆。

在采访的最后，我好奇道："对于你的辞职创业和一个人的旅行，家人怎么看？"

阿令说："我做重大决定时都会和父母商量，我会和他们分析我为什么做这样的选择、为此做了哪些准备、这件事对我未来三年的影响，以及可能会有什么结果……我把所有的考虑都告诉父母，他们会更理解我，也会更安心。遇到代沟时，父母会去查阅资料，或者去问我哥哥，让他帮我分析我的决定对不对。这一套流程下来，几乎我的所有决定他们都不会反对。我很幸运，我的父母虽然学历不高，从事的是仅够养家糊口的职业，但他们对子女的教育很健康和前卫，他们从来不过多干涉我们，给我们绝对自由，属于放养型。现在我妈妈会经常看我的抖音视频和直播，还号召她的朋友一起看，并会给我提建议。哈哈。"

对阿令来说，她很满意自己现在的生活。冬天卖橙子，夏天去旅行，走的每一步都尽力不辜负。她说："我不知道走多远才算合格的旅人，所以会选择一次次出发。再走远一些，也许更能看清楚自己吧。"

无法重来的一生，那就尽量忠于自己。

每个人都可以是一颗自转星球，愿你也能活出自己的时区。

采访实录：

Q：一个人自驾游的过程中，有没有遇到过什么挫折？

A：很多人都说女孩子独自出门旅行是一件很危险的事情，但我仔细回想，想起的都是快乐，几乎没什么困难。旅途中主要的危机和驾驶有关，因为是新手司机，在云南红河的某座深山里，不知道爬坡更耗油，没算好续驶里程，在距离加油站还有8千米的地方，车子没油抛锚了。万幸，手机有信号，最后打了保险公司的救援电话，他们给我送了5升汽油过来，于是我顺利出山，到达了加油站。

Q：离开职场一年多，觉得自己有没有什么变化？

A：我觉得我变懒了，真的需要自律起来，管理好自己。其他变化好像没有太多，我一直都挺随性，不喜欢做的事情就不做，很任性。哈哈。

Q：如果回到10年前，你会对自己说什么？

A：10年前我正在读高三，很关键的一年。那时候我已经意识到高考对人生的重要性，于是摈弃了很多与学习无关的事情，比如谈恋爱。如果回到那年，我会告诉自己：不要放弃数学！哪怕它很难，但一定要好好上课，去上补习班！这样才能考上更好的大学。

故事贩卖者

—— 对谈剧本杀店主

1

推开名叫流浪星球的剧本杀店的那一刻,蔡琴的声音悠扬飘出,带着回音,我还未张口,就已经吃上了一盘美味的精神下午茶。

东初坐在长桌里面,屋内没有开灯,只有淡淡的音乐和男孩的侧脸。

"想喝什么自己随意拿。"他很随性。

我从冰箱里拿出一瓶矿泉水,坐下,端详起这间屋子来。

一楼是接待客人的地方,木质架子上满满摆放着几十个剧本杀本子,都是时下的热门剧本;墙壁上有"宇航员"装饰,地上是一只大大的红色沙皮狗音箱;楼上是玩剧本杀的地方,5个主题房,周末时会传来此起彼伏的欢闹声和争辩声。

今天是工作日,店里没什么人。东初早上5点钟写完剧本,下午来接受我的采访,晚上顺便带一拨客人玩本。

哦，忘了说，东初的主业是编剧，早前写了很多甜宠剧。

这家店是今年春天开业的，几个月来成为朝阳大悦城附近的热门剧本杀店铺，很多人来玩，尤其成了很多媒体人的乌托邦。

我在他们线上的微信群里观察过，大伙总是热火朝天地聊天，热衷于角色扮演的年轻人们，在工作之余像一颗颗星星般缀连在此，从此流浪的灵魂皆有所依。

东初开玩笑说，来这儿的玩家有很多编剧，往往过分脑补，5个小时的本子能被他们玩整个通宵，在游戏里出尽洋相。

网上说，剧本杀是2021年的"资本风口"，很多年轻人指着它一夜暴富。

聊起开店的初衷，东初摇摇头，说："我没那么大的野心。开店这件事对我来说，原本不在人生规划内，在此之前，我只是一个老实的、默默无闻的编剧。和北京千万个编剧一样，在这个未知领域里编织着理想锦衣。"

在开店之前，东初只玩过一次剧本杀。

那是一个寻常的周末，东初在那间小小的屋子里，感受到年轻人的欢脱，发现随着角色之间的拉扯，陌生人之间也能倾心相谈。

他惊讶于这样的游戏模式，同时注意到这是个商机。

更重要的是，作为一个编剧，东初想要接触形形色色的人、收集故事素材，开剧本杀店是个不错的选择。

他很快和朋友们聊了这个想法，恰好有一个拥有丰富人脉且同样热爱剧本杀的好友愿意一同来做这件事情，两人一拍即合，便决定合伙开店。

"开一家店和用心开一家店还是有区别的。这年头剧本杀店铺太多了。真有那么赚钱吗？并不见得。"

东初亲身经历了整个开店过程，深有体会。如果只是开一家店，那只要找个房子，配上几套桌椅，淘宝买几个本子，也算开店。可真实的情况却是理想与现实的碰撞。

开店不是理想主义，而是实干主义。

东初和朋友开这家店并非心血来潮，而是建立在已有技能上，凭借对内容的敏感度和喜爱，发挥各自的优势。

选址上，他们挑选年轻人新消费聚集地，朝阳是最佳选择，青年路地段又聚集了大量传媒人，对于剧本杀的接受度很高；装修上，他们尽量贴近"流浪星球"的漫游感与科技感，感性与理性兼顾，整个店从设计到装潢都是东初他们自己搞定的，一桌一椅，一草一木，都在可控的成本里完善憧憬中的蓝图；而在选本上，东初则发挥自己的专业，从大量剧本中甄别出哪些是更受年轻人欢迎的。

2

开店几个月以来，东初没有忘记自己的初衷。

他在剧本里穿梭于他人的爱憎，并投射到自己的生活里。对他来说，书写、恋爱、玩乐都是提供生命认知经验的途径。

正如日本社会学家三浦展在《第四消费时代》中所说，随着物质生活的富足，我们会不断思考消费的意义。也许使用的是一个个具体的商品，但满足的并不一定只是某个场景的实用需求。这种戏谑的社交式卖货，也在提醒我们精神消费市场还有很大的挖掘空间。

开店过程中，东初遇到过非常多有意思的事。

有浪漫的爱情故事发生，也有难缠的客人刷新东初对人性的认知。但剧本杀桌上，完全打破圈层和文化的新奇体验，是最令他着迷的地方。

"有一次，店里来了个日本高中生，用日语跟我打招呼，我以为他只是好奇路过，没想到几天后他带着一堆小伙伴来到店里。但由于语言不通，他们无法与 DM（剧本杀主持人）进行交流，只好拿出手机翻译软件辅助游戏。这个场景特别触动我，这些日本高中生原本与我毫无连接，如果没开这家店或许我们这辈子都不会认识，但此刻我们在同一个空间里，用游戏进行着交流。"

有人说，开店，就是坐着旅行。这种文化的碰撞只能是新时代的产物。

东初并不想把剧本杀只当作一种消遣，他更希望"流浪星球"可以成为年轻人们沉浸式体验生活的一种方式，在这里彻底释放自我。

3

作为编剧，东初在日常生活中需要观察大量人物，汲取不同人的生活经验，这份工作给东初带来了源源不断的创作灵感。一颗敏感的心灵，必然是对他人的喜怒哀乐甚至痛苦展开怀抱。

东初在店里听过的很多故事，都是以往在职场上、既定生活轨迹上不曾相遇的。他本身不是一个擅长社交的人，但在这里他倒和谁都很聊得来。

"我最近在写一个东北澡堂子的戏，里面需要一个东北人和一个台湾人展开对话，巧的是，我店里曾接待过一位台湾大叔，他来北京生活了近 20 年，但说话依然是一股软糯可亲的台湾腔，带有那种儒雅和小资的气息，而我刚好是个东北人，两种口音出现在同一个语境下，有一种说不出的诙谐感。"东初说。

创造力是这个时代最稀缺的东西。

正因见到过这些形形色色的人，了解了他们的真实性格，对东初来说，写的角色会更"实"。

在聊到开店和做编剧最大的不同时，东初顿了顿，递给我一包山楂味儿的酸角零食，他自己也打开了一包，一边吃一边说："编剧是一个向内探索的工作，而开店则需要和不同的人打交道，是一个向外生长、打破自己的过程。现在我也有写剧本杀的打算。

"并不是跟风，只是在开店之初我就有了规划，开店只是一种形式，我们肯定要在现有模式上去探索能让自己走得更长远的东西，比如孵化剧本、开发剧本杀 IP，抑或将流浪星球打造成一个小小的乌托邦。"东初说。

这些动作，本质上都是因为我面前这个男孩钟情于内容，并对探索人有着无限好奇。

"那你会推荐年轻人开剧本杀店铺吗？"我问。

"不会，我会劝年轻人好好考虑清楚为什么开，你有哪些优势，第一批客群怎么挖掘，以及你所在城市有什么特性可以与剧本杀结合。"东初说，"我不知道这家店未来会是什么样子，但我很确定自己走的是一条怎样的路。"

东初说，有天晚上下班回家，他开车经过高速，车厢里播放着蔡琴那首《给电影人的情书》，他不知道怎么了，突然泪流满面。

来北京这么多年，做过很多事，认识一些人，但总觉得浮云尔尔，就像歌词里所唱："人间不过是你寄身之处，银河里才是你灵魂的徜徉地。"

采访实录：

Q：作为一名"斜杠青年"，你有什么建议给现在想要搞副业的年轻人？

A：如果一开始的想法就是副业，那就得搞清楚副业的本质，看看能不能兼顾好本职工作，合理分配好时间。

Q：不久前，"剧本杀门店倒闭数量翻倍"的话题曾经登上微博热搜，这个备受年轻人喜爱的"商业风口"，你觉得可以持续多久？

A：风口代表有大量资本涌入，可能会有饱和现象，大批没做过市场调研的朋友一时兴起就做起了这个生意，批量性倒闭也不奇怪。剧本杀行业的持续发展其实依赖优秀的内容产出及行业的规范化，但是目前情况不是很乐观，因为想赚快钱的人太多，所以行业的泡沫很多。

Q：在你看来，这种新型线下社交模式和以往的线上社交有什么本质区别？

A：我举个不是很恰当的例子，比如我们逛多了淘宝，偶尔还是怀念线下实体购物的感觉。线上的虚拟感还是太浓了，线下剧本杀则非常直接，很多人都在这里找到了一些志同道合的朋友。尤其是现在年轻人的"都市病"太严重，这种孤独感真的需要一个出口释放，剧本杀对很多人来说是一个不错的选择。

我少年时觉得自己是一个边缘人物，长得不够美，总是逃避，对这世界失望透顶。我那时候希望自己有能力发光发热，至少不要活在一个缺少光的地方。现在我活得足够有力量，身体力行，收获了自己想要的一切。

住在四合院的"胡同名媛"

——对谈国潮丽人

如果有机会，请一定要来看看北京的秋天。

从中国美术馆出来，溜达到旁边的隆福寺喝一杯手冲咖啡，然后走到景山公园看日落，在天黑之前骑着自行车赶往东华门，旁边有家"四季民福"，择窗边而坐，脚下是护城河，对面是故宫角楼。

波谲云诡的历史在此刻变成一汪平静的湖水，打盹微憩，其乐陶陶。

秋天的北京最是温柔。

今天采访的这位"国潮丽人"夏凉带着我一路吃吃喝喝，从胡同里踅踅绕绕，最后走到她在故宫边上的住所，一个现代四合院。进门前，她说："我家有一只名叫桃儿的小猫咪，很可爱哦。"

我摸着圆滚滚的肚子欣然接纳。

夏凉在北京生活多年，做过酒馆掌柜、写过爆款文章，目前是京味甜点厂牌"胡同是甜的"的合伙人以及城市探索自媒体"帝都猎奇指南"的主理人，总之所做的事情离不开探索北京文化及当下年轻人的生活方式。

国潮复兴的当下，我想知道这位"国潮博主"是怎么生活的。

1

每一个北漂都有"胡同梦"，但想住进设施方便且地理位置优越的四合院不是一件容易的事，也不是一件便宜的事。

夏凉说："长安街以北的二环里或新或旧的胡同都是我的心头好，每一条胡同都可能是思想发源地，有意思的人和店都在这儿。"

2021年，夏凉搬到普度寺胡同的小院子，前后收拾了两个月，整间屋子变得复古又清新，落地门窗，散落的阳光，墙壁上挂着前辈送给她的字画，慢悠悠的节奏，隔离开车水马龙的高压生活。在这里读书、发呆、做饭、追剧、聊天，都叫人心生爽适。

夏凉所居住的院子，是绿树荫浓的现代四合院——院里共10户人家，每间都是loft，拥有商品房同等的现代化设施，没有需要去胡同上公厕的烦恼。每户都有自己家的小露台，晾晒在这儿的衣衫像院落的一笔一画，清晰勾画出生活的模样来。

热爱生活的邻居们将公共院落栽种得层次错落，月季树与葡萄架是细心细养的，肉眼可及是细雕细作的鲜活盎然。

我来的季节正值院里的葡萄初熟，站在藤叶下方，竟然有一种穿越回小时候的感觉。上次这么近距离观察农作物生长，还是童年上山下河去偷菜的时候。

当成群的鸽子从上空划过，北方深宅院子流露出些许风情。站在我身边的夏凉女士穿着一条民国改良旗袍，上面印有可爱的猫咪头像。我们有一搭没一搭地聊着天，约好红叶落下时再一起逛胡同。

细微累积起的烟火气在空气中蔓延开来。我不禁有些鼻酸，真是好久没有感受到这种真真切切的生活气息了。

"我以前在北京是一年就要换一个地方住的人，可以说把最糟糕的房子住遍了，也算练就了我的生存能力。"夏凉笑笑。

"那搬到四合院以后，你觉得生活有什么改变吗？"我问。

她拉着我进了里屋，一边逗弄猫咪一边按下热水壶的开关："搬进普度寺胡同是我的人生转折点，很不可思议，我真正拥有了生活、有了能走动的街坊，孤独漂泊的异乡岁月开始有人问候。"

当大城市高楼大厦的陌生邻里回归到院子里，人的情感关系也在发生变化。

夏凉说："以前哪知道合租室友是干吗的呀，现在院子里的邻居，会一起细心打理植物，会逢年过节互送一些吃食，那种热气腾腾的感觉又回来了。"

这方隐世的小天地，流转的光阴令人沉醉。

夏凉很满意现在的生活，尽管离所谓大富大贵很遥远，但在自己的生活半径里，与中古城市的隐秘伟大共呼吸，享受角楼的阳光、寺庙王府遗址的花香，归家有自己猫咪与生活点滴，这都是繁华熙攘里难得的自由。

住进四合院以后，夏凉比以前宅了些许，而且变得不愿出远门了。

但朋友们倒是越来越喜欢来胡同里找夏凉玩，在这枝繁叶茂的树荫下，一起说说话，抬头看看鸽子与天，便仿佛度了个假。

2

夏凉最近会频繁想起多年前，挤在北六环 10 人的合租间里被逼得走投无路的岁月，她当时发誓要对生活占据主动权。

那是 2013 年，夏凉大学毕业来北京的第一年。

那时她在百度实习，住在天通苑，很多人一块合租，室友们鱼龙混杂，居住条件很差，最后她实在忍不了，就搬出去了。

那个时候，夏凉发誓要改变自己的生活，她大学专业是偏应用的会计学，按照惯常所接收的信息，自己终将踏上规整而无趣的人生。她想改变，所以选择来北京。

没有想到现实泼来的第一碗凉水，就是体验感极差的合租。

在那段时间里，夏凉每天往返于天通苑和西二旗，目睹了大厂员工的工作状态，深刻理解了什么叫作上万人企业里微不足道的"螺丝钉"。

"坦白说，我实习期间都在进行重复劳动，但让我失去兴趣的不是工作本身，而是大厂员工的生存状态。"夏凉说，"公司有很多混了多年的、从外地来逐梦的程序员与产品经理，但那些人的状态绝对不是我想要的——30 岁不到，气焰全部被压灭了。那种一眼望到头的感觉就像是另一种国企，打破了我对互联网的想象，所以在 2013 年初秋，我和大公司告别了。"

换到第二份工作时，夏凉搬到黄渠，坐地铁 6 号线可以直达老胡同区。

"我那会儿在一家 O2O 公司（将线下的商务机会与互联网结合）上班，负责将南锣鼓巷五道营商业街的餐饮门店或其他生活方式推荐给更多人。最大的收获是，我居然会写字了。"说到这，夏凉摆摆手，"虽然我一直是内容从业者，但做不了作家。"

那会儿正是新媒体爆发的好时候，夏凉主动选择跃入时代浪潮。

"2014 到 2016 年期间，我在北京换了十几份工作，从产品运营到新媒体编辑，最后主攻'胡同探店'，将探店信息发在社交媒体上，得到了意料之外的关注。有不少人说过我不定性，但我内心知道，虽然每个选择看起来都无序，但都朝着我想要的方向在走。老城小巷抚慰了我的焦虑疲乏，我想这也是大家喜欢我的分享的原因。"夏凉说。

2016 年，夏凉遇到她职场生涯中最重要的一个人——光爷。

光爷是糯言米酒的创始人，一家专注酿造中国米酒的独立厂牌，在北新桥的胡同里有线下实体酒馆。光爷看重夏凉身上的特殊气质，主动发出合作邀请。

夏凉说："我是头一次去做实体店，带着摸石头过河心情，但把这家中式酒馆做成了大众点评连续三年主推的酒馆，几乎拿了所有行业奖。

"我对中国传统文化的深入理解从这儿真正开始。米酒本身就是中国独有的。4 年时间，我参与打造出这个品牌，销售和流量齐头并进，这说明我是有能力做好本土品牌的。"

冥冥之中，夏凉在这份工作中的驱动下，逐渐理解了自己为什么这么执着于北京。

夏凉出生在江西南昌，爷爷是大学教授，她成长于省政府大院，从小家教比较严。由于家人对她的要求很高，导致少女时期的她活得异常紧绷，吟诗作赋是她生活中为数不多的娱乐活动。长大后，她喜欢诗词、古建筑和一切与历史有关的东西。

夏凉："我少年时觉得自己是一个边缘人物，长得不够美，总是逃避，对这世界失望透顶。我那时希望自己有能力发光发热，至少不要活在一个缺少阳光的地方。所以在选择工作的时候，我第一反应就是要来北京，我要看看自己心心念念的'北平'到底是什么样子。这座元明清三朝古都、梁思成笔下的举世无双的中古都市，实在太具有传奇性了。"

选择在糯言米酒工作，和其浓厚的文化气息脱不开干系。

夏凉："'国潮丽人'其实是我给自己打的标签，我发现自己很擅长从现代人的生活场景去挖掘一些有年代的本土事物，我有独属于自己的角度，在秩序中保留丰沛的情感。"

2020年，因为对品牌理念的定位差异，夏凉决定与糯言米酒改变合作模式，从此，她成了一名自由职业者，开始去探寻更能由她主导的本土品牌。

接下来的半年里，她和朋友合作打造了定位"新北京味道"和"胡同美学"的甜品厂牌"胡同是甜的"，以及真正属于当代中国的精酿厂牌"大酉"也一同上线。夏凉作为幕后推动者，开始真正把自己的兴趣爱好与工作融为一体。

搬来胡同居住也是为了更好地体验胡同生活，这有助于激发她的创意。

夏凉说："我特别感谢北京。是一切皆有可能的北京给予了一个没有背景的、慌张的、迷茫的、无助的年轻人在不同阶段能够拥有合心意的生活的机会。"

我问："那你爸妈现在支持你的选择吗？"

当初夏凉来北京，父母并不赞同也没硬拦着，但没有给她任何经济上的支持，他们有着"孩子吃过苦就会回来"的传统思维。

"他们没想到我能越战越勇吧。"夏凉眨眨眼说，"父母早就不反对了，只要孩子能靠自己的能力好好养活自己，又有什么理由反对呢。"

北漂八九年，经历大厂工作、自由职业、创业等不同的人生状态，夏凉逐渐从一个不自信的人，变成了一个充满力量而且还能影响他人的人。

夏凉说:"我特别满意现在的状态,我得到了远超出我 20 岁想象的一切。看面貌,即将步入 30 岁的我甚至比 20 岁时更好看一点。20 岁的我是困惑的,而 30 岁的我眼神里是有光的。我觉得我的黄金年代刚来。"

3

采访过程中,我问过夏凉有没有想要"逃离"北京的时候?

她很诚实地回答道:"我时常焦虑,但我非常笃定自己能在北京获得想要的一切。我不会被动离开北京,如果有一天离开,大概是因为新鲜感退去。"

在夏凉看来,北京最吸引人的是它独有的冲突性、混杂感、反差性。某种程度上来说,北京是全中国最有意思的城市,是文化宇宙的中心,八竿子打不着的东西都能放在一个维度里排列组合——如果你有幸到过银河 SOHO 背后的小胡同,站在智化寺大殿后方俯望一切,东方巍然的古建筑与灯火通明的写字楼交相辉映,仿佛形成历史交点。所谓"北京折叠",并非传言。

北京能让古都文化与现代科技花开一半,体面光鲜和平平无奇都能找到落脚点。再不着调的想法,在北京都能被试验,这里一切皆有可能。

我们在聊天过程中都承认,"过分精致地活着"在北京不太存在,北京的吃喝乃至生活都是贫瘠的,但是它在文化层面上给人无限可能,这不是别的城市能给的——我们可以在东南亚国家里找到广州的影子,可以去任何一个消费主义国家瞧见深圳,也可以在任何一个老牌城市寻见上海,但北京,是独一份的。

在北京,思想是丰富的、无边界的。

这座城市最大的魅力值就是"人"，有特别多有意思的人凭借一腔赤诚在这里打拼，这些理想主义者在别的城市不多见。

我："是啊，最难得的是，北京是一个谈理想没人会笑话你的城市。"

前几年，我们去漫咖啡能看到遍地的编剧分享天马行空的创意；中关村的任意一间咖啡厅，都可能上演投资人挑中千里马的戏码；地铁上，有那么多怀揣着理想在这儿拼搏的年轻人；在鼓楼，有诗意的乐手，有小众的话剧，有哪怕明天分开今天仍然在激吻的恋人……生活在这里面的人，和其他城市的年轻人是有区别的。

"是北京放大了我们的爱恨悲喜，北京的'亚文化'也因此而蓬勃发展。比如说《乐队的夏天》这类节目只有北京能做出来，因为制作的人是真懂。"夏凉看向我，又补了一句，"你的'和100个陌生人吃饭'系列也是，只有在北京发起，才能有如此想不到的奇妙的化学反应。"

我点点头。

那么多好玩的、开放的人在这个城市就像散落一地的乐高玩具，拼凑起来，就是一幅巨大的、鲜活的、充斥着神秘与未知的社会动图。

夏凉聊起自己对北京最初印象的形成，是源自很多人都迷恋的20世纪八九十年代的老电影和电视剧，比如《顽主》《编辑部的故事》《我爱我家》。

夏凉："我推荐所有的北漂都去看张国立老师主演的《混在北京》，讲的是住筒子楼里的一代知识主义分子理想与现实碰撞的故事。张国立演的文艺青年，喜欢穿时髦的oversize牛仔衣，爱骑自行车游北京，自行车维修铺就在国子监东口，镜头里的北京没有距离感。

"在他理想破灭不得不离开北京时，走在火车站说'我还是喜欢北京'，挺让我有感慨的，大概这就是北漂的心声吧。"

有人说，你25岁生活过的地方，将是你永远的心灵故乡。

就算有一天我们离开这里，或许也会在某个时刻、某个角落，发出那句"我还是很喜欢北京"的感慨。我和夏凉说，真的很神奇，我每次从外地出差回到北京，就感觉身体里的另外一个我活过来了，北京像个激活键，一点点唤醒我体内的热情、野心和追逐的欲望。

回头想想，北京未必会把我们变成一个更好的人，却会把我们变成更结实的人。

疫情开始以后，大家都更珍惜起眼前的生活来。

2020年3月，北京城内的限制依旧很严，去什么景点都要居住证，但夏凉可以在附近的胡同里散散步。

"我觉得那会儿恰巧是我重新看这个城市的最好时机，天安门那会儿是开放的，周围的长安街都空旷得很，特别像电影里的老北京。蓝天白云、红墙绿瓦，每天我都在古城遛弯，心被擦得锃亮。"

"很多人抱怨说喜欢的店没了，爱蹦迪的年轻人觉得没劲透了，但爱摄影的人可能还挺开心的，他们那会儿去拍景山的日落，拍长安街的玉兰，拍大剧院的日出日落，都不会被人流干扰。"

我想起下午和夏凉路过故宫角楼看到的那一幕——工作日缘故，大街上游人和年轻人很少，只有喜欢摄影的叔叔阿姨聚在那儿，大家伙安安静静欣赏日落、记录日落。里面不乏忠实的故宫迷，一年四季，常来捕捉它的美，也成为皇城脚下一道独特的风景线。

他们，又何尝不是"国潮丽人"？

采访实录：

Q：我觉得"国潮丽人"只能也必须诞生在北京，或许换个城市，就不会有如今的夏凉了，你怎么看呢？

A：是的，北京无疑是全中国最有意思的城市，它能留住一些拒绝被标签、要探索自己道路的人。再不着调的想法，都能在北京找到人来试验，它是一切皆有可能的大城市。

Q：平时你最喜欢去的地方是哪里？

A：长安街以北的二环里那些或新或旧的胡同都是我的心头好，每一条胡同都可能是思想发源地，有意思的人和店都在那儿。

Q：如果选一个朝代，你想生活在什么时候？

A：魏晋南北朝，粗浅原因是因为美男子多。深刻的原因，按照宗白华的阐述，那是精神上极自由、极解放、富于智慧又浓于热情的一个时代。

只有体验过，才知道是不是自己想要的人生。

我在泰国当老师

—— 对谈对外汉教志愿者

20多岁的女孩只有上班这一条路可走吗？

我在朝阳大悦城见到了坤坤，她刚从泰国回来没多久。打招呼的时候，她像轻盈又矫健的小鹿从对面小跑到我身边。

不记得是什么时候认识的了，但这是我们在现实生活中第一次见面。

"过去这一年，你都在忙些什么？"

"我在泰国当了一年老师。"

我们一边买爸爸糖吐司，一边随意聊着天。

我对坤坤的这段经历非常感兴趣，因为在过去一年里，我身边有许多朋友，有刚本科或研究生毕业的，也有工作几年了的。他们中有人选择继续考学，有人则希望通过间隔年来更好地寻找方向。

我越来越能理解那些看起来"瞎折腾"的朋友。

我们这代人并非不能好好适应当下的社会环境，我们只是畏惧一成不变的生活，拒绝模板式的经验主义，那种一眼就能望到尽头的无力感足以摧毁年轻人还未成形的信念。

我们希望和工作之间达成一种默契，相互成全而不是相互折磨。

出国、考学、间隔年，都是寻找自我的一种方式——抛弃前人递过来的地图与导航，重新启程，试图用自己的方式找到内心的答案。

就像奥斯卡最佳影片《月光男孩》里，养父对男主说的："总有那么一刻，你得自己为'我是谁'做决定，不能让别人插手这件事。"

是的，或早或晚，总有那么一刻。

1

坤坤研究生读的是对外汉语专业。

一个安徽人在上海工作了一年，又跑到内蒙古去读书，用她自己的话说就是喜欢折腾，闲不住。

2018 年，她报名参加了在泰汉教志愿者，经过培训，只身飞往曼谷。

长期在泰国生活并非像大家想象中那么轻松，虽然泰国华人很多，用微信和支付宝也很方便，但文化习俗和饮食上还是有差异的。

和坤坤同批培训的小伙伴们被分到泰国的不同城市、不同乡镇，在曼谷当地的这所学校里，只有坤坤。

好在学校就在暹罗广场附近，地处曼谷市中心。

坤坤在下班以后经常会穿过两条街，去附近一家水果超市买水果，有时也会坐船去水上市场溜达。

坤坤说到这儿，分享道："曼谷的水果可便宜了，山竹、香蕉比国内便宜很多。热带嘛，盛产水果。"

我和坤坤选择了一家湘菜馆，由于都饿了，两个人狼吞虎咽起来，连照片都忘记拍。

吃到一半，她给我分享起刚到泰国的日子，说最难熬的大概是孤独，虽然行人遍地，但很少有人能和她用普通话沟通。

对她来说，虽然自己教的就是语言，但最难面对的竟然也是语言。

坤坤所在的学校是一所私立初中。

"不论哪个国家，青春期的孩子总是最难管的，上课玩手机的、化妆的、唱歌跳舞的，还有扔书传纸条的。最不令我头疼的大概是课上睡觉的同学。"坤坤笑道。

如果不是意外患上了登革热（一种急性蚊虫传染病），坤坤的泰国之行还算愉快。不巧的是，她到泰国后没多久就生了这个病。登革热属于病毒性流行病，症状多为高烧、四肢乏力、全身酸痛，严重时会威胁到生命。

躺在异国他乡的医院里，坤坤竟然没觉得多害怕，难过是有一些的，但更多是在想千万不能被家人知道，免得他们担心。

同宿舍的菲律宾老师会在下班后来看望她。那也是坤坤第一次意识到，"陪伴"这个平素在国内时并不重视的事，出国后，竟然变得如此珍贵。

2

登革热好起来以后，坤坤开始真正享受起在曼谷的教师之旅。

虽然孩子们很调皮，经常惹得坤坤生气，但大多数时候，坤坤特别喜欢和他们待在一起。

泰国推崇"快乐至上"的教育理念，他们认为，玩乐本身就是学习，比起拔高学习成绩，他们更在意保护孩子的至纯性情——自由、洒脱、学会与自我相处，这些是将来踏入社会后，支撑他们走得更长远的品质。

坤坤和我们一样，是在严谨的教育体系里长大的女孩，在此之前，她从来不曾想过学校还有另外一种样子，是可以没规矩、不成体统的，老师和孩子们可以真正打成一片。

泰国的班级没有严格的座位顺序，同学们想坐任何位置都可以，喜欢听课的同学会齐刷刷地围坐到前排来。

学校每天下午三点半就放学了，老师们没有很大的备课压力。

在国内要求为人师表要优雅知性，在泰国，老师可以穿短裙、化浓妆，甚至还会有同学和她交流口红色号。

在这里，坤坤第一次意识到，原来老师不是非要一丝不苟才能"镇住场子"，真正的受人尊敬与外表从来就没关系。

坤坤最喜欢泰国学校的一点，就是动不动就放假。最"可气"的是去年过中国春节的时候，坤坤去上课，发现同学们都不在，原因竟然是大家都请假回家过"中国年"去了！

可怜的坤坤，一个中国人，还在泰国坚守岗位。

总之，泰国总有各式各样的假期，除了法定节假日，每个学校还会定期组织游学，让老师带学生去附近一些山清水秀的地方度假游玩，还不占周六日。

泰国还有一点很特别：每个学校都会有一支自己的乐队。

每次升旗时的背景音乐，都由乐队的成员们亲自弹奏出来。坤坤第一次参加升旗仪式的时候被惊到了。

逢年过节，孩子们会踊跃跳上舞台，肆意地舞动肢体，连阳光、空气和尘埃都在尽情释放自我。

这令坤坤觉得很迷人。

3

"当一个东西封闭自己以对抗它本身的毁灭时，它只是死于另外一种死亡。"2015 年，《仙剑奇侠传 6》上市之际，"仙剑之父"姚壮宪接受媒体采访时说过这样一句话。

放在教育环境里，如是。

学校和老师应该是帮助青少年找到自我的一个引路人，而不该要命地灌输、专制地推进、极度目标化地鼓吹攀比。

学习重要吗？重要，但更重要的是在成为一个好学生之前，我们先成为自己。

很多事情是需要双向辩证来看的。

比如泰国，学习和工作节奏比较松弛，大人、孩子在下午三点半以后可以随心所欲去做想做的事情，但这也造成泰国经济发展相对滞后。

在国内，大家就是想慢也慢不下来，因为环境会驱使你不断往前，你稍微慢一点，面临的就是被淘汰。但即使是这样的现状，也还是希望可以给孩子和年轻人多一点自由空间。

不管是 996，还是自由职业，都只是一种选择。

如坤坤所说："只有体验过了，才知道是不是自己想要的人生。"

泰国的志愿期限快到的时候，坤坤面临的选择是回国还是继续留任。

她真的很喜欢泰国，但也是这段体验，让她知道自己更喜欢也更适应国内，她想念火锅、朋友和家人。

"我这辈子不会移民啦，因为经过这一年，我发现自己真的很依赖亲密关系。我会继续折腾，但不会远走他乡。"

从泰国回来以后，坤坤报考了安徽本地的一所高中。我见她的时候，她已经拿到了编制。这意味着酷爱折腾的她要在那所高中停留较长一段时间。

坤坤有过挣扎和犹豫，最终还是觉得离家近一点比较好。

茨威格于《昨日的世界》中写道："在别人早已到了结婚、有孩子和有重要身份并且不得不集中精力进行奋斗的年纪，我却还始终把自己看作是一个年轻人、一个初学者、一个在自己面前尚有许多充裕时间的起步者，迟迟不为自己做出最后的决定。"

这一年在泰国当老师的经历，对坤坤来说，是与职场生涯接轨的缓冲期。回国，留在安徽的高中，也不是终点。

我不觉得换个场景生活是每个人都必须经历的，出不出国、旅行走多远都没那么要紧。

横绝四海是壮阔，玲珑心一颗亦不可错过。

有人即使一辈子不出门也能参悟很多，有人就算去很多地方仍执着于自己所习惯的、排斥所经历的不同文化。所以真正重要的是，我们必须试着去打开自己的心，感受身边那些细微事物的变化。

采访实录：

Q：这段出国工作的经历对你来说意味着什么？

A：是一场间隔年，或者说是给生活按下了一次暂停键——不对，是花絮，是有意思的番外篇，在我漫长的一生中能够去体验一些新奇的事情，就很快乐。

Q：回国以后，爸妈夸你长大了吗？

A：有呀。身边人都觉得我比之前懂事，这种懂事不是妥协，也不是逼自己成为某种类型的人。简单来说，这段经历让我知道自己更想要什么样的人生了，并且愿意为之付出努力。

Q：你希望自己10年后成为一个怎样的人？

A：虽然很喜欢国外的教学生活，但我还是更适应国内的风土人情和饮食习惯。我想要在未来成为一个有创新能力、对学生来说有价值的老师。

逃离北上广，然后呢

——对谈互联网产品经理

1

Sharon 是一名互联网电商产品经理，俗称"产品狗"。

我们初次见面在 2019 年，那时她毕业快 5 年，3 年前离开北京前往杭州，在那边待了 2 年，于 2018 年冬天选择再次回到北京。

北京——杭州——北京，地理坐标的迁移，亦是一个自我重塑的过程。

Sharon 晚上 8:30 下班，赶到三里屯时差不多快 9 点了。这是互联网工作的常态。

我们去了一家外国人很多的西餐酒吧，两个不胜酒力的人犹豫之下还是选择了软饮。

聊天气氛倒很自在，见面没多久我就问了自己最好奇的那个问题："为什么离开北京后又选择回来？"

"其实没那么复杂，只是不同阶段的不同选择。两个城市都有我喜欢的地方，喜欢北京的秋天，也喜欢杭州的春天。我怕冷，梦想做一个可以南北半球迁徙的人，也正在往这个方向努力。"

Sharon 身上有种传统家庭教育出身才有的正气，看起来规规矩矩、文静、温和，但能做出这种折腾选择的人，内心里一定住着一个反差感极强的小孩。

Sharon 是在东北读的大学，毕业之后就来北京了。

那时候的她还在"扮演"着乖小孩，因为太习惯眼前的世界了，才会对许多事情没有勇气触碰。

有次她和朋友们一起去酒吧玩，气氛浓烈时，大家忍不住跑到楼下舞池跳舞。Sharon 却坐在二楼座位上，表情和身体都是僵硬的。

一个朋友想来拉她一起去跳舞，她感觉别扭极了，摆摆手，打死都不去。

当时她以为自己是不喜欢这种场合，但后来她才弄清楚那种别扭来源于何处——并非身体本能的厌恶，而是她受的教育、生活惯性锁住了自己。

有时，如果你不做些看起来"错误的选择"，就只能不断与真实的自己错过。

那一年因为北京雾霾过于严重，Sharon 突然冒出离开的想法，在此之前，没有过多铺垫，没多久她就跑到杭州去面试了。

"决定离开北京"对 Sharon 来说是个转折点。

一个人的成长，是从敢于和过去说再见开始的。

Sharon 在杭州的那两年充满了惊喜。新公司团队气氛很棒，在一间小小的办公室里，大家座位挨得很近，日常激烈的头脑风暴和偶尔窸窸窣窣聊天、吃零食的感觉，让 Sharon 莫名感觉回到高中校园。

下班后，她会去朋友开的民宿喝到微醺；手机里存满一只叫"叮当"的猫的照片；10 月的杭州飘满桂花香，干净的街道上从植物到路人都展露着勃勃生机，令人充满希望；还有在月全食的夜晚，和喜欢的男孩子顶着肿胀的蚊子包，两个人站在楼下从深夜 2 点聊到早上 6 点的浪漫时刻。

经历，即所得。

Sharon 带着这些片段重新回到北京，才有了今天坐在我面前的她。

"第一次来北京和这次回北京，有什么变化吗？"我接着问。

"改变的不是城市，而是自己。北京还是一样，有它的闪闪发亮和它的迷惘惆怅，地铁拥挤如旧，年轻人来来往往，但当我重新站在三里屯有风的夜晚，我更加清楚知道自己在做什么，也知道自己想要的是什么了。"Sharon 答，"准确地说，是内心那个小孩苏醒成长了。那是 20 多年来，一直没有机会面对面认识的真实的自己。"

2

我另外一个朋友去年也离开了北京，回到了大家觉得发展势头不错的二线城市。

但她在回去没多久之后就认清了一个现实，她说："我的光环是北京这座开放的城市赋予我的，离开了北京，没有机会的加持，我什么都不是。"

客观来说，北上广的优势并不在于城市设施。如果单纯地选择舒服的环境去生活，杭州、成都、苏州或厦门都是什么都不缺还更具特色的好去处。但若是论起教育水平、精英资源，以及要获得最新潮的行业发展趋势和资讯，北上广确实最具优势。

站在风口，有危险，也容易先摘得果实。

尤其对某些特殊职业来说，离开了北上广，即使你是金子，也可能找不到地方发光。

这并非夸大其词，拿我熟悉的行业——文化传媒来说，广告影视等传媒公司主要集中在北京，大部分优质资源和工作机会都在这里。一些朋友的文娱公司最初开在广州、上海，但到了某个阶段想要继续发展壮大，势必要来北京占山头。

这不是个人选择，是行业走向如此。

如果换一个城市，许多人可能就要面临转行。

有时候并不是不想离开，而是你没有办法离开。

3

人和时代在变化，我们看待问题的角度也在变化，没有什么答案是标准的，就像今天坐在北京写这篇文章的我，也不知道 10 年后的自己是否还在这座城市。

互联网越发达，我就对"输出"这件事越警惕。

因为世界更扁平化了，每天有无数的博主和公众号在给你提供各种解决方案。许多事情看似变简单了，但是其中复杂幽微之处，落在了每个人不同的生活缝隙里。

说点和逃离北上广没关系的。

那天和 Sharon 吃饭，聊起她的职业，我们都觉得产品经理这个角色最重要的、最核心的是必须有自己的世界观，才能通过梳理框架和功能点，把自己内心所向往的世界展现出来。

一个不懂自己的人，是没有办法懂产品的，又如何收获用户真正的认可？

其实做任何事情都一样，没有一个清晰的自我认知，所做的任何决定都将走向摇摇欲坠。

工作如是，恋爱如是，人生方向亦如是。

我最近新认识的一个词叫"流明"，是从英文单词 Lumen 音译而来，它是描述光通量的物理单位，即用来计算可以被人眼睛感受到的亮度的单位。

这个亮度是我们漫长生命里对自我的认同，对外界新鲜事物的敏感度，是源源不断的经历和体验之下所捕捉到那一点点光亮。你也不知道它将去往何方。

"经历这么多，我已经适应了'改变'本身，北京和杭州对我来说是一样的，它们都成为我任何时候回去都不会陌生的城市。找到了自己，去哪里都可以。"Sharon 最后说。

聊到这里，Sharon 跟我分享了她手机里的一张合影，是在她离开北京去杭州的前一晚的同学聚会上拍的。

当时一大堆人为 Sharon 饯行。大家都笑得很开心，年轻的脸上没有慌张，不论过去和未来如何，至少那一刻是真的开心、真的年轻。

采访实录：

Q：你觉得北京和杭州最大的区别是什么？

A：是"心情的季节感"吧。记忆里的北京，好像永远是清爽的秋天；杭州则是绵绵的春天，有那种细水长流的烟火气。

Q：你身边的朋友，现在都是什么样的生活状态？

A：有的结婚了，有的去创业了，但大多数还是和我一样在公司里上班。大家压力都蛮大的。但这个时代，谁的压力不大呢？累的时候就喝点小酒、歇一歇、睡个好觉，再起来奋斗。

Q：对于未来你是怎么考虑的？

A：可能还是会在互联网行业里多尝试，但同时也会督促自己多学一些技能。

我们还年轻，不必着急活得那么深刻。

我没上过一天班，
但开了公司

—— 对谈自媒体博主

青团姑娘并不算严格意义上的"陌生人"。

她是我前同事可可的女朋友，我们有过两面之缘，第一次是在2015年的冬天，我和可可在中关村拍片结束后，她梳着麻花辫来探班；第二次是我在西单图书大厦的新书签售会，当时担心冷场，许多好朋友主动跑来捧场，青团带了大束的鲜花和我拥抱。

之后我们的生活里无甚交集，但说来也怪，有些人只见过几面，寥寥数语就能让我依靠直觉快速分辨出他在往后是否会和自己有交集。

当时我有预感会和青团"再见"。

这种再见不只是物理距离上的面对面，更是一种建立在信任与坦率之上的赤诚相见。

我和青团约的是下午茶，在三里屯机电大院的"客从何处来"。工作日的午后，人比往常少很多，我们坐在第3层的露台上，旁边有高大的树木。

虽有点热，但这里视野开阔无人打扰。青团从包里掏出视频设备，将它们架在了旁边做记录。

作为一名牙齿领域的视频博主，青团真是很敬业啊，随手拍 Vlog，任何有趣的小事都可以成为她的素材。

文字和影像是两种不同的介质：影像鲜活有力，更易通过场景化产生即时代入感；文字则是钝钝的，如同一条绵延不绝的河流，也许要过很久以后，你才能明白那一处暗藏玄机的平静旋涡究竟意味着什么。

每个人适合的表达方式不同，青团就很适合视频。

大学毕业后，她误打误撞进入这个行业，之后在两年自媒体生涯中，不断摸索出属于自己的节目调性，从生产爆款内容到拿投资开公司——如果只是这样形容，青团的故事是不是很像朋友圈里诸多 KOL 商业化变现的典型案例？

事实上，没有一份成长模版适用于所有人。

这本书写了很多"非典型年轻人"的故事，不是鼓励大家激情创业、做自媒体，也不是告诉年轻人，你不用上班，随便瞎折腾就能开一家成功公司。

相反，是鼓励大家对镜映照，希望通过青团的故事让你更明白自己想要的是什么，能承担起的又是什么。

1

1995 年出生的青团身上有个美好特质，在现在很多人身上不太容易见到。

那就是"敢想"，敢把一件事情想到最美。

我们习惯了做任何事都抱以最坏的打算，在跃跃欲试之前先给自己吃颗定心丸——就算不成，也没关系。

青团不会。

她是那种相信自己可以、相信这件事一定可以成，顺便把那些绿草怒生的心愿都规划进自己的秘密花园的人。

她读大学的时候在一家知名教育公司兼职做老师，毕业后，同龄人都去找工作了，她在男朋友可可的鼓励之下，决定和他一起做短视频。

"我从做自媒体的第一天起，就幻想将来自己开公司。"坐在对面的青团说完，切了一块抹茶蛋糕，可能是想到自己戴着隐适美牙套，担心染色，又默默放下了。

2017 年，她想做民宿体验类视频，把住宿体验以 Vlog 的形式记录下来，分享给更多喜爱民宿的用户。

虽然当时因资金问题搁置了计划，但创意形式在青团眼里仍有价值。

紧接着，青团又拍了各种搞笑类、电影解说类的短视频。

出过爆款，但不成体系。而且在这个过程中，青团遭遇到了前所未有的网络暴力，其中一个被攻击的点，居然是牙齿。

"我原本以为大家会因为有趣的内容而忽略掉我的牙齿，但弹幕上飘过的一些言论还是让我感觉扎心。"青团回忆起当时的感受。

客观来看，牙齿不美观确实比较影响节目效果。

于是青团决定去做牙齿正畸，并以视频的方式记录和分享给更多人。

当时，国内在牙齿领域的视频分享很少有生动又靠谱的，如果你想咨询关于牙齿的问题，打开搜索引擎，出来的内容不是医院广告，就是大段专业术语。

反正我试过，因为我的牙齿也不太好，之前想找一些渠道去了解都不太容易。

像我这样的用户有很多。青团在发布关于牙齿矫正的视频后，收到从天南地北发来的私信，而且每期视频下面都有大量留言。有无数因牙齿而感到自卑的年轻人和青团倾诉他们所遇到的窘迫与困境，消息多到她回复不过来。

后来，有牙具厂商来和青团寻求合作，还出现了愿意支持青团做科普的口腔医院……青团原本陷入僵局的自媒体生涯重获生机。

很多人以为青团做的只是记录牙齿正畸，并传播牙齿健康的重要性。事实上，节目真正吸引人的是解决那些因牙齿问题而衍生出的情感需求。比如，青春期少女因牙齿带来的自卑感陷入人际交往困境；成年人因牙齿不好，没勇气追求爱情或与梦想的工作失之交臂；还有人犹豫很多年始终没有勇气去做正畸，因为心里有难以突破的障碍……

2

是从这个时候起，青团意识到自己在做的不仅仅是一份自媒体工作，而是帮助更多人重塑健康的生活态度。

许多人牙齿不好，可以追溯到自己的童年时期，有的因为父母对孩子的健康不够重视，有的因为对牙齿治疗的认识有种种误区。像我，因为怕疼拖着不去拔智齿，还在这里堂而皇之地吃着甜品。

作为一个从小因牙齿问题而备受折磨的人，那天和青团聊了很多后，我很认同她在做的这个事情，它是真正有意义的。

身边做自媒体的朋友很多，赚钱的也很多，但最终能够突出重围走得长久、获得大众认可，并在自己喜欢的领域里收获满足感的人，都有一个共同特点，就是他们发自内心地相信内容是有力量的。他们心口合一，不去贩卖焦虑，不倚靠煽动情绪赚取流量，对自己的价值观十分笃定。

赚钱是很重要，但通过有意义的方式赚钱更重要——这是我和青团的一致观点。

青团后来推出的一个"365圆梦计划"，简单来说，就是帮助更多正畸患者对接靠谱的医生，并帮对方争取减免60%的治疗费。这个过程会用视频全程记录以回馈医院。

她希望通过这个圆梦计划让更多想要去矫正牙齿的小伙伴找到更多真实案例参考，也希望让更多优秀的医生走到镜头前，分享关于牙齿健康的专业内容。

为了做好这件事，青团和可可两个人都付出了很多，比如可可暂时停更了自己的自媒体账号，两人专心运营这一个账号；两人还自费前往更多城市谈医院、实地考察，与更多粉丝面对面增进对彼此的了解。

他们去年策划的"100天日更视频"是我最佩服的，作为一名内容创作者，我知道日更有多不容易，尤其是以视频形式。

从选题、策划到拍摄、剪辑、字幕包装等一系列工作下来，时间成本和心力成本的投入都超乎常人想象，何况他们两个人一半的时间都在出差，不是在赶飞机就是赶高铁。

去年，我在朋友圈里看到，他们在从青岛回北京的高铁上还在拿电脑剪片子，当时内心闪过一丝羞愧感。

有些人能成事，是有原因的。工作可以有技巧，但梦想没有。如果你对做成一件事有迫切的渴望，是没有办法让自己停下来的。

青团说不想用努力来概括她的这段自媒体生涯，因为努力是最基础的，所有人都在努力，我们都还远远不够。

3

那天下午的阳光实在太好，青团坐在树荫下感受微风吹过，她的神情淡淡柔柔，眼里却有密林旷野，她像只林中雀跃的小鹿，踩过废墟，在上面留下一朵执着的蔷薇花。

青团身上有许多我喜欢的品质，单纯、坚持、保持憧憬，但我最欣赏的，是她的真性情。

在我们聊天过程里，她提到最多的是她男朋友可可，说他如何把她从一个小白带入自媒体行业，然后在每个关键节点陪她度过最艰难的时刻。

他们是情侣，更是并肩作战的伙伴。

青团拍视频受可可影响很大，两个人最初分别在做自己的账号，在"青团姑娘"这个账号做出一定成绩后，由于青团精力有限，可可做出妥协，抛下一切，全身心投入和青团共同做她的账号了。

"所以'青团姑娘'不是我的，而是我们两个人的，就和我们的孩子一样。"青团说完，还提了一个蛮触动我的细节。

去年他们在日更视频的那段时间总出差，两个人白天要谈合作、拍视频，夜里通常要熬夜剪片子。青团为了上镜的皮肤状态，必须在晚上 12 点前睡觉，可可就在她睡后继续趴在电脑前剪。

他经常到凌晨 5 点多才睡觉，早上 8 点就要起床。

某天早上，青团看着熟睡的可可实在心疼，但当天已经联系好厂商谈合作，必须两人都到场，青团只好叫醒他。

由于整晚忙剪辑，可可双手没劲儿，整个人瘫软在床上完全起不来。青团就握着他的手指一根一根按摩了好一会儿。最终，两个人还是按时到达合作现场。

类似艰难的日子还有很多。做视频自媒体前期需要投入大量的成本，他们两个人都是普通家庭的孩子。好几次撑不下去的时候，可可会对青团说"没关系，我来想办法搞钱"。

是的，搞钱。没有穷过的人很难理解这两个字背后意味着什么。

可能要去接不那么喜欢的商业项目；可能要难为情地和家人、朋友开口借钱；可能要通过信用卡来周转；可能要搬家到房租更便宜的地方、把生活成本压缩到最低才能筹钱拍视频。

人一旦知道了自己想要什么就可以忍受任何磨难。那段时间虽然挺苦的，但他们却是乐在其中。

庆幸的是，青团现在遇到一个好的投资人，他给了他们足够的空间、资源以及信任。他相信他们可以在牙齿健康领域做出更好的内容。

一个人要做成一件事很难，而一个团队要做成一件事并不会降低事情的难度，但"被相信"的感觉是可以相互传染的，在你快要掉下去的时候，对方拉一把也很重要。

"等你公司步入正轨，可可会不会再去做一些他的事情啊？"我好奇道。

"看他个人的决定，我相信他。"青团说。

可可是真的有才华，对内容的洞察力很强，而且对自己的作品质量要求很高。不仅是青团，我们共同认识的朋友大家都发自内心相信他的才华，相信他不论做什么，早晚都会成。

和可可在一起的时候，青团还没大学毕业，还会因为自己的牙齿不好看而略感自卑，但和他在一起后，她却可以用轻松的态度来看待这件事。

可可教会她的不仅是关于做视频的种种技能，更多的是看事情的多元思维，他会说"你的牙齿就是自己的特色啊，多有辨识度"来鼓励青团。

如果不是遇到可可，青团可能会和自己的同学一样，毕业后就去找工作，在漫无目的的职场生涯里等待理想的降临。更不会在短短两年内，就将自己喜欢做的事情做出规模。

当然，另外一种人生也许另有滋味。

没有去正统的职场工作过，对青团来说，有利有弊。好处是最大程度上保留了自我，个人执行力很强；缺陷是，她不懂管理、不懂处理人际关系以及如何在短时间内实现工作标准化。

去年3月，"青团姑娘"拿到第一轮融资，他们从单纯的内容创作者变身为老板，所面临的困境和之前大不相同，前者只需要投入做好自己的事情，后者却需要考虑公司成本、人员管理和商业布局。青团说这也是她最近在努力学习的。

人生中的任何投入都不会是徒劳的，在公司打磨出经验或许有天能成为你个人事业的助力；在爱好上的无心插柳，说不定可以为你种出一片浓荫来。

我们还年轻，不必着急活得那么深刻。

采访实录：

Q：你觉得自己能坚持下来的主要原因是什么？

A：我想要通过自己的分享，让大家感受到一丝丝鼓舞，矫正牙齿不只是变得好看这么简单，更多的是让自己变得更好。通过整牙这件事，来更加了解自己的身体与内心才是我所期待的。

Q：想对那些想要矫正牙齿但迟迟不敢去的小伙伴说什么？

A：有时候我们去向朋友们询问某件事情这样做好不好的时候，也许需要的不只是意见，而是做决定的勇气。

Q：如果将来"牙齿博主"这条路走不通了，你会选择去上班吗？

A：以后上不上班我不知道。其实几年前我俩也是负债累累闷头做，去年经济情况才好转。在创业这条路上，我总是忍不住添加赌注，舍不得放弃。目前我想努力去做好我喜欢的事情，压力一直都会在，尽力往前跑就是了。

图书在版编目（ＣＩＰ）数据

体验派人生 / 闫晓雨著 . -- 北京 : 中国友谊出版
公司 , 2023.2（2023.4 重印）
ISBN 978-7-5057-5586-4

Ⅰ . ①体… Ⅱ . ①闫… Ⅲ . ①纪实文学—中国—当代
Ⅳ . ① I25

中国版本图书馆 CIP 数据核字 (2022) 第 219542 号

书名	体验派人生
作者	闫晓雨
出版	中国友谊出版公司
发行	中国友谊出版公司
经销	新华书店
印刷	嘉业印刷（天津）有限公司
规格	889×1194 毫米　32 开
	7 印张　90 千字
版次	2023 年 2 月第 1 版
印次	2023 年 4 月第 2 次印刷
书号	ISBN 978-7-5057-5586-4
定价	55.00 元
地址	北京市朝阳区西坝河南里 17 号楼
邮编	100028
电话	（010）64678009

Q:

[　　　　写下你人生中最大胆的一次探索　　　　]

我们还年轻，
不必着急活得那么深刻。

按部就班的人生里，
我选择成为我自己。

人生没有绝对的 "风口"，
你选择的每一条路，
只要坚定，
都是风口。